KB261217

필립 말로

필립 말로

Philip Marlowe

책임편집 장-베르나르 푸이 | 이규현 옮김

이룸

피귀르 미틱 총서

오리엔탈리즘을 지적하며 우리는 동양과의 대척점에 서양을 놓기를 주저하지 않는다. 그러한 문제의식이 타당하지 않은 것은 아니다. 하지만 서양에 대하여 과연 우리는 얼마만큼 제대로 알고 있을까? 성경과 고대 신화 속의 인물들 그리고 고전이 된 서양 문학의 주인공들, 우리에게 이름은 친숙하나 실제 그 정체와 흔적은 제대로 드러나지 않는 인물들을 주의 깊게 들여다보는 '피귀르 미틱(신화적 인물들) 총서'는, 그러한 물음에 대한 아주 친절한 답이다.

사실 그 인물들은 서양인들에게조차도 의미의 맥락과 변주가 분명하지 않다. 때로는 눈부시게 강렬한 후광이, 때로는 지나친 상업적 대중화가 그 이해와 접근을 가로막은 것이다. 영화와 연극, 오페라와 문학 등 다양한 장르를 통해 시기와 장소를 달리하여 변해온 그것들이 서양인의 영혼 속에서 영원히 지워지지 않는 고향과도 같은 자리를 차지하고 있음에도 불구하고 말이다. 그리하여 문학, 역사, 인류학, 미학, 정신분석학 등의 다양한 시각을 동원하여 그 고향으로 가는 길을 찾아본 것이 바로 '피귀르 미틱 총서'이다.

그런데 가만히 생각해보면 그 인물들의 고향은 더 이상 서양에 한정되지 않는다. 서구화된 삶을 통해, 책이나 영화와 같은 다양한 문화 장치를 통해 우리 '안'에 이미 들어와 있기 때문이다. 그러니 서양을 넘어 우리에게로 이어지는 보편적 인간 영혼의 비밀을 확인하고 싶은 사람들에게 '피귀르 미틱 총서'는 유용한 길잡이가 될 것이다.

Philip Marlowe 차례

이 신화는 때때로 챈들러 소설들에서 나타나는 그러한 주인공의 영상
을 능가한다.

일러두기

1. 그리스 신화 속 인명과 지명은 가능한 한 그리스식으로 표기하는 것을 원칙으로 했다.
   ex) 율리시스→오뒤쎄우스, 아폴로→아폴론, 테베→테바이
2. 작가명은 작가의 출생국 언어 발음에 기준해 표기하는 것을 원칙으로 했다.
   ex) 호머→호메로스, 아이스킬로스→아이스퀼로스, 유리피데스→에우리피데스
3. 작품명은 가능한 한 백과사전에 기준해 표기하는 것을 원칙으로 했으며, 장르에 관계
   없이 모두 〈 〉로 표기했다.

서문

장-베르나르 푸이Jean-Bernard Pouy

누구나 범죄소설에 깊은 관심을 갖게 되면서부터는 기본적으로 해밋/챈들러Hammett/Chandler라는 커다란 신화적 이분법에서 벗어나기가 쉽지 않다. 한편에는 건달, 미남, 핑커턴Pinkerton의 옛 생도, 공산당원, 여러 여자들의 남자, 만성 우울증 환자, 느닷없이 절필하는 수수께끼 같은 인물, 때이른 비트 족(부르주아지의 가치관과 생활양식, 소비사회에 반항하는 의식 아래 떠돌며 사는 사람—역주)이 있고, 다른 한편에는 페페(할아버지를 뜻하는 아동어—역주), 진위가 의심스러운 전직 석유 엔지니어, 단 한 여자와 여러 고양이들의 남자, 집 안에 틀어박혀 있기를 좋아하는 거드름 피우는 사람, 파이프 담배 애연가가 있다. 전자는 아마 자기 작품에 아랑곳하지 않을 것이고, 후자는 내가 이 작품을 썼노라고 나설 것이다.

이와 같은 이분법만큼 순진한 것도 없다. 해밋의 삶이 매우 신화적이라고들 하지만, 챈들러의 삶도 역시 전적으로 평온하지만은 않았기 때문이다. 힘겨운 청소년기, 유럽에서의 오랜 체류, 충격적인 전쟁 경험, 온갖 종류의 일, 석유 엔지니어였던 것이 아니라 알코올 중독 때문에 해고당한 회사 중역. 챈들러는 이른바 폐페가 아니다.

이 두 작가의 나이가 거의 같다고 해도, 챈들러가 진지하게 글쓰기를 시작하기로 결심한 것은 해밋을 읽었을 때이다. 그리고 챈들러는 이 선배에 의해 촉발된 범죄소설의 유행을 진정시켰고, 변질시키지 않으면서 늦추었다고 말할 수 있을지도 모른다. 그러므로 필립 말로는 여유를 갖고 일을 처리하면서 자신의 충동을 어깨에 비스듬히 둘러멘, 추잡스럽지만 도덕이기도 한 샘 스페이드Sam Spade일 것이다.

그렇다면 말로의 조사調査 이야기를 읽을 때 맛볼 수 있는 굉장한 즐거움은 어디에서 오는 것일까? 이 산책자의 게으름에서? 그의 지독한 비관주의에서? 그가 줄기차게 수행하는 정확하고 쾌활한 증인 역할에서? 부자와 세도가에 대한 증오에서? 고양이들에 대한 그의 냉정한 사랑에서? 따뜻한 곳에서 버번 위스키 한 잔을 손에 들고 편안히 앉아 세계의 고통, 금주법 시대(미국의 1913~1933년을 가리킨다—역주)와 공황, 악덕 행위와 부패한 정치를—로스앤젤레스 일대에서 피곤에 지친 우아한 모습으로 거니는 신랄한 기질의 한 호인好人의 관점으로—목격하는 것은 피학대 음란증의 쾌락일까? 아니면 자기가 속해 있는 세계를 작은 쌍

안경으로 관찰하면서 분할하는 어느 사회 관음증 환자의 자기만
족일까?

　　일반적으로, 말로가 속지 않으면, 독자가 속는다. 정상적
인 독자는 줄곧 증인이 된다.

　　우리가 좋아하는 탐정은 냉정하긴 하지만, 그렇게 일사불
란하지 않다. 이것은 알프레드 에벨이 우리에게 환기시키는 바이
다. 말로라는 인물의 정체를 소상히 밝히려는 그는 말로의 일처
리 방식만큼이나 복잡하고 종잡기 어렵게 글을 쓰겠다고 마음먹
은 듯하다. 마치 그가 이 소설에서 저 소설로 말로의 정체성을 탐
색하도록 말로에게 고용되기라도 한 듯하다.

　　누구나 이 탐정의 '생김새'나 '목소리'를 구체적으로 떠
올려보게 마련이다. 이러한 작중인물은 반복적으로 영화화되는
법이다. 프랑수아 게리프는 이 환영幻影이 출현한 영화 작품들을
하나하나 고찰한다.

　　파트릭 레날은 말로의 첫 번째 조사가 어떠했을까에 관해
답을 제공한다. 그는 풍자적 모방이 아니라 지속적인 주입注入을
통해 챈들러 풍의 문체를 구현해낸다.

　　그런데 이 작중인물은 우리에게서, 종이 위에서만 펼쳐지
는 그의 삶에 대한 우리의 열정에서 무엇을 탐지할까? 그가 우리
에게 제시하는 이야기들은 우리를 어느 만큼 변화시킬까? 이러
한 이야기들은 세계에 대한 우리의 이해 방식에 관해 무엇을 말
해주는 것일까? 로베르 콩라트가 우리에게 상기시키듯이, 필립

말로는 그의 동류同類 가운데 하나인 K(카프카의 소설들, 특히 〈성〉의 주
인공이다—역주)와 고물차로 멀리서부터 동행하며 "불확실성의 공
포 속에서 행동한다."

그리고 말로는 언제나 거기에 있었다

로베르 콩라트ROBERT CONRATH

꿈속에서 나는 시체를 안고 차디찬 초록색 물속으로 깊이 가라앉았다. 시체의 긴 금발이 내 얼굴 앞에서 자꾸만 물결쳤다. 눈이 툭 튀어나오고 부패한 몸통이 부풀어 올라 반짝이는 거대한 물고기 한 마리가 늙은 아주머니처럼 내게 추파를 던지면서 내 주위를 돌고 있었다. 내가 산소 부족으로 곧 숨이 막힐 순간에 내 품속의 시체가 다시 살아나 내게서 멀어졌다. 그러고 나서 나는 물고기와 싸웠고 시체는 긴 머리칼을 흩날리며 물속 여기저기로 떠돌았다.

잠에서 깨어 보니 내가 시트를 입 안에 가득 물고 있었으며 양손으로는 침대를 붙잡고 젖 먹던 힘을 다해 끌어당기고 있었다…….[1]

레슬리 피들러Leslie Fiedler는 이제는 고전이 된 〈미국 소설에서의 사랑과 죽음Love and Death in the American Novel〉(1960)이라는 책에서, 미국 소설은 "주로 공포소설"이라고 공언한다. 한 남자가 미지의 지방에서 벌이는 탐험, 풍속이 근본적으로 달라 때로는 위험하기까지 한 원주민 부족과의 마주침, 휘몰아치는 자연력自然力과 무분별한 개척자의 대결. 미국의 초기 신화에는 이처럼 예측하지 못한 우연한 일이 일어나고 이로 인해 공포가 흩뿌려진다. 미국 문학에서는 이리저리 뛰어다니는 사람들의 존재 자체를 말하는 것이 아니라 과정을 이야기한다. 자유라고 불릴 수 있는 것을 향한 이 영속적인 움직임은 동시에 주인공 자신의 알 수 없는 내면 속으로 들어가는 여행이기도 하다. 왜냐하면 이 남자(여자인 경우는 매우 드물다)는 흔히 도주자逃走者이기 때문이다.

이러한 주인공의 현대판, 다시 말하면 도시판에서도 동기들은 여전히 똑같다. 그는 어떤 사람을 살해했거나 어떤 여자를 떠났거나 아니면 그저 단순히 사회적으로 인정된 규칙과 법에 따라 살기를 단념했을 가능성이 있다. 그는 죄의식—더 정확히 말하자면 죄의식의 감각—을 회피한다. 그는 자신의 동류를 멀리한다. 그는 현대성의 속박과 현대성이 부과하는 책임에서 벗어나려고 한다. 이를테면 법, 노동…… 세금을 회피한다.

1) 〈호수의 여인The Lady in the Lake(Dame du lac)〉, 범죄소설 총서Série Noire, 갈리마르Gallimard, 파리Paris, 1948.

이러한 미국인 주인공을 낳은 문학과 신화는 미숙하다. 어떤 고통에도 불구하고, 그 고통이 성인의 것임에도 불구하고 그는 언제나 어린아이의 영혼을 지니고 있으며 일반적으로 자신이 어디로 가는지를 알지 못한다. 그가 도주하는 동안, 어떤 일이 일어난다. 처음에는 이것이 감지되지 않는다. 점차로 지평선이 밝아오고 그는 구원, 비종교적인 구원, 견디기 힘든 자각과 연관될 어떤 것의 실루엣이 점점 뚜렷해지는 것을 본다.

에이헙Ahab이나 헉 핀Huck Finn 또는 립 밴 윙클Rip Van Winkle은 모두 무거운 과거를 짊어진 고독한 방랑자이다. 그들은 과거에 대한 기억을 완전히 지워버리고 싶어 한다. 그들은 돌아다니면서 성숙한다. 그렇지만 그들이 발견하는 새로운 세계에는 사랑의 여지가 많지 않다. 사랑은 거추장스러운 것이다. 의식은 사랑으로 대체되지 않으며, 구원은 여전히 고독한 추구의 대상이다. 미국인 주인공의 여행 단계마다 타나토스(그리스 신화에 나오는 죽음의 신. 에로스는 사랑과 삶의 상징이다—역주)가 에로스를 버린다. 미국인 주인공의 이야기는 원죄(아담의 타락, 과거)와 에덴 동산, 달리 말하자면 미국의 고결한 프런티어, 즉 선과 악의 경계에서 시작된다. 주인공이 행동을 추진하는 것은 바로 이 회색의 공간, 도덕성의 소용돌이와 유사流砂 속에서이다. 그래서 그는 불확실성의 공포를 안고 행동한다.

광활한 서부, 멜빌 또는 '결코 잠들지 않는 도시' 로스앤젤레스의 난바다는 죄다 사회적이고 형이상학적인 공포의 특권적인 장소, 어슴푸레한 빛의 왕국이다. 현실과 반대되는 것 쪽으로 현실이 슬그머니 미끄러져 들어가는 장소이다. 우리가 미국 소설, 미국 소설의 행동주의, 미국 소설에 흔히 나타나는 경솔한 짓과 싸움판에서 현실 효과만을 고려하는 것은 잘못이다. 미국 소설은 대단히 상징적이고 우의寓意적이기도 한 문학이며, 미국 소설의 풍경에서 솟아나는 현실은 어떤 때는 면도날처럼 날카롭고 또 어떤 때는 모호해서 꿰뚫어볼 수 없는 역설이 깊숙히 스며들어 있다. 차라리 '프래터-현실praeter-réel', 즉 현실보다 더 실제적인 현실이라고 말해야 할 정도이다.

에드거 앨런 포(1841년 〈모르그가의 살인〉에서 최초의 사설탐정이 등장한다)가 발휘한 중세풍의 상상과 20세기 초의 〈스토리 페이퍼 Story Papers〉와 〈펄프Pulps〉(선정적인 내용을 주로 실은 엄청난 발행부수의 신문들—역주) 사이의 끔찍한 결합으로 태어난 미국의 범죄소설은 있는 그대로의 직접적인 현실, 대개의 경우 죽음의 형태를 띨 현실에 목말라한 문학 시장의 저주받은 부분을 재빨리 차지했다.

이미 알아보기 어려운(왜냐하면 미국과 미국 문학이 혼동되고 사실주의와 상징주의가 결합하기 때문이다) 바로 이 세계에서 '사설탐정' 필립 말로가 솟아오른다.

잃어버린 낙원

장편소설 여덟 편(이 중 하나는 미완성이다)과 단편소설 몇 편의 주인공인 필립 말로는, 그와 함께 로스앤젤레스에서 구상되고 오늘날까지도 최고의 대위법을 이루는 현대의 또 다른 신화 타잔Tarzan이 탄생한 20년 뒤, 캘리포니아 남부의 뜨거운 태양 아래 세상으로 나온다. 세계에서 가장 많이 알려진 미국 사설탐정의 대척점에 놓여 있는 신화적 창조물의 이름을 여기에서 상기시키는 것이 뜬금없어 보일지 모른다. 그러나 20세기의 미국 역사 전체는 이두 주인공 사이의 상상적 변증법으로 거칠게나마 요약될 수 있다. 타잔이 현대성에 대한, 산업화와 관료화에 젖어 있는 도시인에 대한 이론의 여지가 없는 반가운 거부라면, 말로는 도시인의 추잡스러운 측면이다. 후자는 콘크리트 정원으로부터의 탈주를 선택하지도 않았지만 콘크리트 정원을 만든 기계 조직에 동화될 수도 없었다.

실제로 그는 자기 자신이 어디에 있어야 할지 전혀 모르고 있다. 타잔은 드넓은 공간을 그리워하는 유치한 향수와 막대한 처녀지 정복을 상징한다. 그는 에덴 이전의 밀림에서 살아간다. 이 세계에서는 모든 명백한 폭력이 정당화되거나 가혹한 처벌의 대상이 된다. 타잔은 사정을 잘 알고 행동한다. 그의 세계는 질서가 정연하다. 갑자기 혼돈이 일어나도 얼마 지나지 않아 일관성 있고 자연스러운 위계질서가 잡힌다는 것을 우리는 알고 있다. 타잔에게 도시는 죄악의 화신이다. 훨씬 나중에 미국인 주인공들은 우주 공간으로, 공상과학 문학에 의해 역시 합리적이고 질서 정연한 것으로 제시되는 세계로 달아날 수 있게 된다. 그러나 말로와 그의 계승자 탐정들은 도피할 수 없다. 저주받은 그들은 비합리적인 도시의 울타리 안에서 어쩔 수 없이 절망의 울부짖음을 계속 내지를 운명이다.

이제 도시화 된 이 대륙에서 벌어지는 인간의 새로운 모험에 19세기의 역사적 패러다임을 적용하고 싶어 할 몇몇 회고 취미자들이 말하듯이 서부가 수직 정복의 공간으로 변하긴 했지만, 도시는 서부라는 이러한 경계 지역을 정복한 결과가 아니다. 도시는 실로 경계 영역의 축소를 구현하고 있는 장소이다.

공포를 달래기 위해 도시를 활보하다

오랫동안 이 거리 저 거리를 아무런 목적 없이 걷는 사람에게 취기가 엄습해온다. 발걸음을 옮길 때마다 걸음걸이에 새로운 힘이 붙는다. 상점들, 술집들, 미소 짓는 여자들이 끊임없이 매력을 잃는 반면에 가까운 거리 모퉁이, 멀리 보이는 낙엽 더미, 어떤 거리의 이름은 끌리지 않고는 못 견딜 정도로 점점 더 매혹적이게 된다. 그리고는 허기가 느껴진다. 그러나

산책자는 허기를 채울 만한 몇몇 장소에 대해 전혀 관심이 없다.[2]

미국의 사설탐정은 도시의 밀림으로 옮겨놓은 서부영화의 주인공인 무법자가 아니다. 미국의 사설탐정은 도시 자체이다. 도시의 소란과 도시의 갑작스러운 고요이다. 그는 인간의 형체를 띤 도시성都市性이다. 마천루나 콘크리트 창고 같이 말이 없다가도 어둠을 뚫고 지나가는 구급차의 사이렌 소리처럼 폭발적인 분노의 외침을 수시로 질러대는 필립 말로, 그는 도시의 홍길동이다. 그는 부자들이 사는 근사한 동네와 가장 음산한 누옥에서 교묘히 빠져나간다.

필립 말로는 미국에서 가장 신화적인 도시 로스앤젤레스에 산다. 이 천사들의 도시는 표지판, 기호, 환상의 거대한 망網이다. 환상에 불과한 정의라는 눈속임과 깨진 꿈의 도시이다. 사설탐정이 다른 정황 증거를 찾기 위해 이 장소 저 장소로 들락거릴 수밖에 없는 껍데기 도시이다. 인조 도시(챈들러의 소설들에는 할리우드의 그림자가 곳곳에 드리워져 있다)이다. 로스앤젤레스는 전형적인 탐정소설의 도시이다. 그리고 실제적인 만큼 우의적인 이러한 신화학에 말로의 삶이 편입될 수 있는 것은 또한 그가 누비고 다니는

2) 발터 벤야민Walter Benjamin, "산책자Le Flâneur", 〈19세기의 수도 파리에서 in Paris capitale du XIXᵉ siècle〉, 르 세르Le Cerf, 파리, 1997.

장소가 결코 꿈과 무관하지 않기 때문이다.

> 매우 강력한 대도시의 (……) 상상적이고 환상적인 표상表象이
> (……) 실재한다는 단언은 받아들일 만한 것으로 보일 것이다.
> 이러한 대도시 표상은 모든 부분들이 책을 통해 모아져 이루
> 어지지만 정확성은 실상 문제시되지 않을 정도로, 그리고 집
> 단의 정신적인 분위기의 일부분을 (……) 이룰 만큼 매우 널리
> 퍼져 있다.[3]

말로는 환상과 현실이 뒤섞인 세계로 우리를 인도하는 매개 수단이다. 그의 활동 영역은 혼란스럽고 메마른 의식 세계로 무의식이 밀려들어오는 중간 영역이다. 그는 "오랫동안 이 거리 저 거리를…… 걷는 사람에게 엄습해오는 취기", 벤야민이 말하는 그러한 취기를 경험한다. 그는 연속적인 구타, 지나친 음주벽, 중독성 음료, 또는 오지 않을 용의자를 그저 자동차 안에서 기다리면서 하얗게 밤을 지샌 탓에 끊임없이 반의식 상태로 들어선다. 그의 명석함은 언제나 가차 없이 시험당하지만, 의식이 반쯤 잠들어 있건 그렇지 않건, 그는 행동으로 뛰어든다.

---

3) 로제 카유아Roger Caillois, 〈근대의 신화 파리Paris mythe moderne〉, 엔에흐에프 NRF, 1937.

행동으로 넘어가기

1939년 필립 말로가 로스앤젤레스의 어두운 거리들에서 도보로 또는 자동차로 길고 정력적인 배회를 시작했을 때, 미국은 아직 전쟁 상태가 아니었다. 몇 년 동안 혼란스러운 위기 상태에 있던 경제가 호전되기 시작한다. 1933년부터는 알코올 음료의 판매 및 제조의 금지가 해제되었다. 미국의 여명기가 끝난 것이다. 1950년대에 이르면 경제성장으로 인해 즐거운 나날이 예고되고 낙관론이 다시 고개를 들지만, 잃어버린 순수성을 되찾기에는 이미 너무 늦었다. 에덴 동산은 영원히 닫힌다. 미 대륙의 마지막 성벽城壁 지대이던 캘리포니아에도 현기증 날 정도로 빠르게 주민이 늘어난다. 이제는 미국이 도시화로 치달을 판이다.

이처럼 구원의 문에 빗장이 채워지고 개인이 더 이상 숨어들 수 없고 살 수도 없는 잃어버린 낙원에서 우리의 현대적인 주인공 사설탐정이 등장한다. 와작 한입 베어 먹은 사과, 타락은 결정적이다. 그러나 인간은 이러한 지리-신화상의 요인에 얽매어 있음에도 불구하고 가장 올바른 길로 보이는 것을 선택함으로써 "정당성을 입증받을" 수 있다. 이러한 선택은 자체의 역사 때문에 마비된 낡은 유럽의 경우처럼 삶에 대한 반성, 사유, 개념화를 거치지 않는다. 이러한 선택은 행동을 통해 실현된다.

진정한 '호모 아메리카누스homo americanus(미국인을 의미하는 라틴어-역주)'는 원시-실존주의자이다. 즉, 존재와 행동을 통해 있는 그대로의 모습을 좀 더 많이 드러내게 된다는 사실에 의해, 요컨대 행동에 의해 규정되는 사람이다. 장 폴 사르트르라면 "사물들이 필요성도, 다르게 있을 가능성도 없이 단순히 거기 있고 내가 이러한 사물들 사이에 있다는 사실"[4]로 정의되는 '사실성'이 미국인에게서 발견된다고 말할 것이다. 말로의 과거는 무의식적으로 배제되고 그의 미래는 불확실하다. 따라서 그는 영원히 갱신될 두려운 현재에 직면해 있다.

> 같은 짓을 줄기차게 하고 또 한다는, 같은 장소로 간다는, 같은 사람들을 다시 본다는, 그들에게 같은 말을 한다는 느낌이 드는 비현실적인 기억 속으로 나의 생각이 사라져갔다. 이러한 과정이 끊임없이 다시 시작되었으며, 그럴 때마다 처음으로 진실한 것이 다가오는 어떤 것처럼 기억 속의 일이 진실인 듯했다.[5]

프래터-현실과 우의

바로 범죄소설의 영원한 현재에서는, 더 전형적으로 말하자면 필립 말로의 끊임없이 갱신되는 방황에서는 모든 사물, 모든 사람이 현실보다 더 실제적이다. 그저 거기에 있는 대상들, 사물들이

---

4) 장 폴 사르트르Jean-Paul Sartre, 〈존재와 무L'Être et le Néant〉, 갈리마르, 파리, 1976.
5) 〈빅 슬립 The Big Sleep(Le Grand Sommeil)〉, 범죄소설 총서, 갈리마르, 파리, 1948.

우리의 눈에 문자 그대로 명백하다. 초를 세는 괘종시계의 소리, 갑자기 괴기스럽고 거대해지는 세세하고 자질구레한 것, 이 모든 것을 보고 우리는 주인공이 비현실 속으로 또는 적어도 허무 속으로 곤두박질친다고 믿게 된다.

> 나는 웃옷을 벗고 넥타이를 풀었다. 그리고는 책상에 앉았다. 서랍 안쪽에서 술병을 꺼내 한 잔 마셨다. 그래도 기분이 나아지지 않았다. 또 한 잔을 마셨다. 역시 마찬가지였다……. 책상 위의 물건들을 밀쳐냈다. 손이 무겁고 차가우며 움직임은 어설픈 듯했다. 책상 모서리로 손가락을 이리저리 옮겨보았다. 손가락이 지나간 흔적이 보였다. 손가락에 묻은 먼지를 확인하고는 닦아냈다. 손목시계를 보았다. 벽을 쳐다봤다. 허공이었다.[6]

현대 서양 신화의 또 다른(그러나 지독히 유럽적인) 작중인물인 K와는 반대로, 말로는 산문적인 일상사에 함몰되어 있는 듯하다. 일상의 자질구레한 것들은 권력, 삶, 죽음으로 가득 찬 아주 실제적인 이 세계의 우의이기도 하지만, 그것들을 대수롭지 않게 생각하는 우리는 그것들의 우의성을 때때로 잊어버리곤 한다. 카프카 문학에서 '현실'과의 대결은 확실히 더 우의적이며, 미로 같은 비인간적 관료 조직 때문에 실패로 돌아간다. K도 그의 동

6) 〈호수의 여인〉, 앞의 책.

류도 얼굴이 없다. 그들이 무엇을 닮았단 말인가? 말로는 늘 피상적이지만 언제나 진실인 듯한 잡동사니가 우글거리는 세계에서 돌아다닌다. 이러한 세계에서 독자들은 누구나 잘 알고 있는 작중인물들, 누구나 알아본다고 생각하지만 얼굴이 K의 얼굴 못지않게 '비가시적인' 주인공을 다시 발견한다.

> 나는 옅은 파란색 양복에, 짙은 파란색 와이셔츠를 받쳐 입고 있었다. 넥타이와 웃옷 호주머니의 장식 손수건이 잘 어울렸다. 검은색 구두와 가장자리를 짙은 파란색으로 두른 검은색 모직 양말까지, 나는 단정하고 깨끗한 차림을 하고 있었다. 물론 면도도 말끔하게 했고 아직 술을 마시지 않은 상태였다. 머리끝에서 발끝까지 아주 잘 차려입은 나는 사설탐정으로서 아무런 거리낌이 없었다. 재산이 400만 달러에 달하는 부자와 약속이 있었다.[7]

물론 말로도 살과 뼈로 된 인간이다. 술을 마시기도 하고 섹스를 하기도 하며 때로는 심하게 두들겨 맞기도 한다. 게다가 그는 알코올 중독으로 인한 정신착란에 빠지고 때때로 자기 자신도 현실과 구별할 수 없는 이상한 꿈들을 꾼다. 그의 삶과 그의 범죄 조사는 모두 현실의 외양을 띠고 있지만, 또한 그의 삶에 우의

7) 〈빅 슬립〉, 앞의 책.

적인 문학성을 부여하는 상징성과 특색 있는 문체로 가득 차 있기도 하다. 그에 관한 이야기는, 어쩌면 다른 사람보다 더 의식이 날카로울 테지만 자신의 눈에 보이는 모든 것이 정말로 실제인지를 결코 확신하지 못하는 특이한 사람에 관한 이야기이다. 그는 사람들의 영혼을 망가뜨리는 현대 미국의 그 엄청난 기계 조직에 맞서지만, 그렇다고 해서 자신의 적들이 누구인지를, 그리고 어떤 이유로 인해 자신이 비탈을 따라 계속해서 죽음 쪽으로 내닫는지를 늘 알고 있는 것은 아니다.

> 종이쪽지들을 정리했고 방 안의 먼지를 떨어냈다. 그러고는 내 자리로 가서 편히 앉았다. 아무런 생각 없이 담배를 피웠다. 나는 백지白紙 인간이었다. 얼굴도 감각도 개성도 심지어는 이름도 없었다. 배는 고프지 않았다. 술 한 잔 마시고 싶지도 않았다. 나는 휴지통 밑바닥에 구겨져 있는 전날의 탁상 달력 종잇장이었다.[8]

무질서

필립 말로의 삶과 범죄 조사에서 유일하게 확실한 것은 죽음이

---

8) 〈리틀 시스터The Little Sister(Fais pas ta rosière)〉, 범죄소설 총서, 갈리마르, 파리, 1950.

다. 대중문학(서부영화, 공상과학소설, 타잔)에는 윤리 규범이나 어떤 마니교적(선과 악을 뚜렷이 나눈다든지 하는 흑백 논리 또는 극단적인 이분법을 함축한다—역주) 도덕관념에 대한 확신이 너무나 생생하게 나타나 있다. 그러나 챈들러의 소설 세계에서는 이러한 확신을 찾아볼 수 없다. 대체로 죄악은 대문자 M으로 표기되지 않는다. 여러 죄악들이 있다. 그러므로 윤리 상대주의의 회의적인 태도 이상의 것이 있다. "증거는 언제나 상대적인 것이라고 말하고 싶다. 증거는 천칭을 마침내 기울어지게 하는 확률들의 합에 지나지 않을 뿐더러 여전히 해석의 문제이다." [9]

말로는 누구라도 위스키 한 병을 주면서 살인을 부탁할 수 있는 세계에서 살아간다. 거기에서 부자들은 사법기관 또는 깡패 집단과의 빌어먹을 유착 관계로 치장하고는 그 뒤에서 경찰을 피해 온갖 더러운 짓을 한다. 말로는 조사를 하면서 기만적인 세세한 내용들에 질리지만, 최종적으로는 언제나 꿰뚫어보게 된다. 그래도 그의 시각에서는 여전히 의혹이 가시지 않는다. 그가 사랑할 수 있었을 여자, 그의 친구가 될 수 있었을 남자는 경이로운 고장, 일시적인 것과 환각과 무질서의 장소, 곧 남부의 캘리포니아에서 매혹적인 어둠 속으로 사라진다.

---

9) 〈안녕 내 사랑Farewell My Lovely(Adieu, ma jolie)〉, 범죄소설 총서, 갈리마르, 파리, 1948.

영국의 추리소설과는 반대로 말로의 경우에는 조사가 끝나 진실이 밝혀지는 순간에도 질서가 회복되지 않는다. 말로는 이전과 마찬가지로 여전히 수수께끼이다. 어쨌든 집요하게 수행되는 그러한 진실 탐색은 끝없이 계속된다. 이러한 세계에서는 질서와 정의가 영원히 내일로 연기되는 까닭에 말로의 목소리는 안도감을 주다가도 종종 불확실성으로 떨린다. 그는 홀로 싸움을 벌인다. 그는 어떤 진실, 자신의 진실, 더 정확하게는 제도의 횡포에 직면하여 위태로워진 자신의 자유, 자신의 독립을 확보하려고 성실하게 시도한다. 그러나 그의 이러한 시도는 분명 일시적이다. 어쨌든 그는 결코 최악의 것에 동의하지 않는다. 언제나 또 다른 조사를 수행해야 한다. 와해시켜야 할 또 다른 불의가 불거지기 때문이다. 말로는 이처럼 완강하게 또 다시 공격을 감행함으로써 대다수 유한한 인간들의 '현실'을 초월한다.

반격

내 생각에 경험은 인간으로서 가능한 것의 한계에까지 가보는 여행이다. 어쩌면 이 여행을 하지 않을 수도 있다. 그러나 만약 이 여행을 한다면, 거기에는 가능한 것을 제한하는 기존의 권위, 가치에 대한 거부가 전제되어 있다. 분명히 실제로 겪은 경험은 다른 가치, 다른 권위의 부정이기 때문에 정말로 가치

와 권위가 된다(인간의 권위는 인간 자신을 문제삼는 것으로 정의되므로).[10]

　　말로는 반국가관리주의 이데올로기의 논리적 확장이다. 미국인이 톱니바퀴처럼 어김없이 돌아가는 자국 정부와 (사법, 재정, 정치) 제도를 바라보는 불신의 시선은 실용주의적 개인주의의 개념에서 유래한다. 1781년 미국 헌법이 제정된 이래, 미국적 국가 신화의 기저에는 개인의 자유를 제한할지도 모르는 강력한 권력에 대한 두려움이 놓여 있다. 국가와 국가의 봉사자들은 무능하다. 그러므로 혼자 행동해야 하거나 몇 사람이 함께 행동해야 한다. '행동'은 여기에서 또다시 핵심어가 된다. 그리고 미국의 실용주의를 얼룩지게 하거나 지연시킬지 모르는 모든 지식인 운동, 모든 반성 및 주시注視 행위에 대한 미국 신화의 강박관념은 감추어진 적이 없다. 늘 노골적으로 드러났다. 미국인 주인공의 경험은 반체제 여행이다. 그는 이 여행을 하는 도중에 어느 단계에서건 행동한다.

　　부르주아지의 상승과 서양 사회의 근대화로 인해 이제는 권력의 분명하고 순수한 삼권 분립이 존재하지 않는다. 현대 사회는 온갖 종류의 중재자들로 혼잡하며, 적을 식별해내기가 불가능하다. 19세기 말 미국에서 산업이 급성장하고 자본주의가 들

10) 조르주 바타유Georges Bataille, 〈내적 경험L'Expérience intérieure〉, 갈리마르, 파리, 1943.

어서자, 각자의 정체성이 불투명하게 되었다. 이로부터 해방된 개인, 체제와 체제에 딸린 복잡하면서 기만적인 조직들에 반대하는 개인의 이데올로기로 후퇴하려는 경향이 생겨났다. 사설탐정 말로는 지나가는 길에 자본과 권력 로비의 중개층을 모두 제거한다. 그러므로 그가 명령 불복종으로 경찰에서 (달리 말하자면 관료 조직에서, '권력'에서) 해고당한 뒤에 사설탐정이 된 것은 우연이 아니다. 게다가 그는 극히 적은 금액만을 받고 사건을 맡는다.

말로는 합법적이고 인정된 지위, 조정 기능을 박탈당했기 때문에, '개인적으로' 활동해야 했다. 그에게는 그를 위해 말할 다른 어떤 목소리도 남아 있지 않다. 그는 일인칭으로 말하며 세련되지 못한 언어로 우리에게 말을 건다. 그는 지도층 언어의 패권을 깨뜨리기 위해 최하층의 호전적인 말을 사용한다. 그리고 우리에게 이러한 일상어로 말함으로써, 우리를 사법기관과 권력의 미궁에서 빠져나오도록 도와준다.

말로는 신화적인 인물이다. 왜냐하면 그는 우리들 대부분이 감히 행동하려고 하지 않는 곳에서 대담하게 행동하기 때문이다. 그는 한 나라 사람들의 관습적인 도덕관념과 어긋나는 가치규범에 따라 행동하곤 한다. 사회적으로 받아들일 수 있는 것과 사회적으로 받아들일 수 없는 것, 법적인 것과 불법적인 것, 질서와 무질서 사이의 불분명하고 꼬여 있으며 느슨한 경계선으로 말미암아 말로는 양면성의 소용돌이 속으로 빨려 들어간다. 영국의 추리소설에 나오는 자신의 선배들과 달리 말로는 그의 가장 가까운 먹이들, 이를테면 도둑, 사기 도박꾼, 삼류 사기꾼과 같은 지역권에서 살아간다. 그러나 말로와 그의 먹이들은 모두 다 가장 강한 자들, 질서를 강제하는 사람들에게 완전히 예속되어 있다. 그러므로 질서는 부당하다.

> 나는 경찰이네. (그가 말로에게 말한다.) 그저 평범한 경찰, 상당히 정직한 경찰이야. 경찰이라고 해봤자 통하지도 않는 이 세상에서, 살아 있는 사람에게 일반적으로 바랄 수 있는 만큼은 정직하단 말일세. 난 경찰이니까 법이 승리하기를 바라는 편이지. 에디 마스처럼 옷을 잘 차려입은 고약한 불량배가 폴섬 마차 경주장의 자갈밭에서 손톱 빠지게 일하는 것을 보고 싶어. 잘 먹지 못해 초췌해진 변두리의 소년들과 나란히 말일세. 그 애들은 처음 난동을 피웠을 때 체포되었어. 그리고는 아예 기회가 없었지. 내가 바라는 건 바로 그거야. 자네와 나는 충분히 오래 살았어. 나로 말할 것 같으면 그런 날을 볼 수 없으리라는 걸 알 만한 나이지. 이 도시에서도, 크기가 이 도시의 반쯤밖에 안 되는 도시에서도, 꽃피고 드넓고 푸르른 미합중국의 가장 후미진 곳에서도 그런 날은 오지 않을 거야. 우리는 우리나라를 그런 식으로 이끌어가고 있지 않으니까 말일세.[11]

11) 〈빅 슬립〉, 앞의 책.

말로는 권력의 영향권 밖에서 행동하기로 결심한 보잘것 없는 현대인의 이러한 반항적인 일부이다.

말로가 공언하는 부자들에 대한 공격은 미국 문학의 오랜 전통이다. 미국에서도 역시(미국인들이 떠났던 옛 유럽의 경우처럼) 부르주아는 부르주아지 자체의 자연적인 퇴폐로 인해 내부로부터 썩어갔기 때문이다. 에드거 앨런 포의 〈어셔 가의 몰락〉에서 챈들러의 〈빅 슬립〉까지 부자들에 대한 조롱은 오래전부터 권력의 묵인을 의심하는 반지식인 및 민중주의 경향과 연계되어 있다. 상층 부르주아는 지금의 위치에 도달하기 위해 얼마나 자주 손을 더럽혔겠는가. 망셰트Manchette는 〈연대기Chroniques〉에서 미국 범죄소설의 그러한 작중인물들을 "조직 폭력배들과 연합하거나 그들에게 동화되어 정치인들, 신문 기자들, 그 밖의 관념론자들, 사법기관과 경찰, 그리고 불한당들을 매수하는 거리낌 없는 자본가"로 묘사한다. 그는 말로와 말로를 계승한 이들, 또는 적어도 말로 계승자라는 호칭을 얻을 만한 이들, 가령 1950년대에 분연히 일어나 매력적인 이데올로기를 내세웠으나 권력 추구로 방향을 전환한 마이크 햄머Mike Hammer 추종자들을 제외한 말로 계승자들의 투쟁을 자본의 부당성과 동시에 개인에 대한 끔찍한 착취에 항거하는 투쟁으로 본다. 말로는 비록 어떠한 대안도 제시하지는 않지만…… 경계를 게을리 하지 않고 불의와 부정한 세력의 사기가 폭로되도록 신경을 곤두세우는 고독한 영웅들 중에서 가장 현대적인 인물이다.

　　　말로는 기존의 질서를 옹호하는 세력, 재판소와 은행의 무능력과 끝없는 기만에 대한 일시적이지만 효과적인 해결책이며, 그래서 권력자들의 미움을 사는 사람이다. 그러나 진정한 위협으로 여겨질 만큼 미움을 사지는 않는 사람이다. 플라톤이라면 말로를 '바쁘게 움직이나 실질적인 도움이 되지 않는 사람,' 좀 더 현대적인 용어로 표현하자면 귀찮은 사람이라고 불렀을 것이다. 말로는 기득권자들의 기분을 상하게 한다. 그러나 기존 질서를 결코 뒤흔들지는 않으며 기존 질서의 영향을 받는다.

　　　말로의 세계에 머물러 있으면서 궁지로부터 벗어나는 유일한 수단은 폭력이다. 원하는 결과를 낳는 것은 육체이다. 왜냐하면 육체, 곧 언젠가는 스스로 종말을 맞이할 이 갑각甲殼보다 더 실제적인 것은 없기 때문이다. 말로는 〈안녕 내 사랑〉에서 다음과 같이 말한다. "누군지는 몰라도 줄기차게 당신들을 구타하고 당신들의 목을 조르며 턱을 부수고 당신들에게 약물을 잔뜩 먹인다. 그럼에도 불구하고 당신들은 머리를 숙인 채 그대로 나아간다." 언제나 서부 영웅의 '모두스 오페렌디modus operendi(행동 방식을 의미하는 라틴어 성구成句－역주)' 였던 폭력(영토의 정복을 위한 필요악으로서의 폭력)이 이제는 일상적인 도시 생활의 존재론을 이루는 듯하다. 따라서 폭력의 낭만적인 매력과 존재 이유는 점차 상실된다. 이 새로운 도시 폭력을 형이상학적으로 정당화하는 것은 이제 불가능하다. 이러한 폭력은 그저 '있다' . 말로가 관례적으로 당하는 연속적인 구타(폭력)에는 어떤 희생의 요소가 있다. 마치 그가 주체의 소외, 절망, 해체 때문에 번민하는 현대인의 모든 괴로움을 전적으로 혼자서 떠맡기 위해 도시 일주의 각 단계에서 자신을 희생하는 듯하다. 마치 말로가 우리에게 "내 아가리가 쥐어터져 피가 흐른다, 그러므로 나는 존재한다, 우리는 존재한다"고 말하는 듯하다.

그는 끊임없이 죽도록 얻어맞는다. 그의 육체에 폭력이 가해질 때마다, 그는 죽음, '빅 슬립'에 약간씩 더 가까이 다가선다. 쇼펜하우어의 말대로 실신은 의심의 여지없이 "죽음의 쌍둥이"[13]이기 때문이다. 그러나 죽음이라는 결과가 따를 때까지, 말로는 누구도 침묵하게 하지 못할 무의식처럼, 계속해서 노크하지 않고 들어가고 아무도 문을 열어주지 않으면 노크한다.

탐색

주인공의 추적 대상이 비속한 것인데도 그가 이렇게까지 탐색에 몰입하는 것을 보는 것은 꽤 야릇하다. 어쨌든 그가 뒤쫓는 대상은 성배聖杯나 청춘의 샘, 또는 금광이 아니다. 그것은 범인, 방증이다. 탐정의 조사는 조만간 결실을 맺기에 이른다. 범인이 판별된다. 그러나 말로의 범인 추적은 또한 자신의 죄의식, 둘이서 함

---

13) 쇼펜하우어A. Schopenhauer, 〈죽음의 형이상학 Métaphysique de la mort〉, 10~18, 파리, 1964.

께 있지 못하고 생식 능력이 없으며 희미한 과거지만 잊을 수 없다는 사실, 즉 자기 자신의 무능력을 애써 감추려는 시도, 달리 말하자면 전방으로의 탈주가 아닐까? 말로는 우리에게 정확히 무엇을 감추는 것일까? 말로의 조사가 또 다른 탐색을, 영원히 기대에 어긋날 정체성 찾기를 가려버리는 것은 아닐까? 실제로 그는 자기 자신에 관해 마침내 더 많이 알게 될까? 말로의 정체성에 최후의 일격을 가한 것은 로버트 몽고메리 Robert Montgomery의 영화 〈호수의 여인〉(1947)[14]이다. 이 영화에서 말로 역을 맡은 로버트 몽고메리는 얼굴을 보이지 않는다. 우리는 처음부터 끝까지 주관적인 카메라로 그를 따라간다. 타자, 범인은 보이지만 범인을 추적하는 사람은 결코 보이지 않는다.

진력나도록 오랜 산책인 그의 조사, '타자'의 흔적이 소멸하는 것에 대한 그의 싸움은 어쩌면 자기 자신과 만나지 않으려는 하나의 방법에 지나지 않을 것이다. 그는 자기 자신보다는 오히려 사람들과 연결되고 사람들을 꿰뚫어 보는 법을 배운다. 그는 다른 사람들을 찾으려 애쓰는 사람이고, 다른 사람들도 역시 어떤 것을 찾고 있다. 그는 오직 타자의 길을 재구성하려는 시도를 통해서만 자기 자신의 삶에서 약간의 의미를 찾아내기에 이른다. 일말의 미세한 진실이 타자의 흔적에서 솟아오른다. 그러나 이것은 흩어지고 달아나는 진실, 말로의 눈앞에서 세계가 밝

14) 이 책 끝의 "영화 작품 목록" 참조.

혀질수록 점점 더 멀리 사라지는 진실일 따름이다. 그리고 그가 세계를 식별한다고 생각할 때마다, 세계는 그에게서 벗어나고, 이로 인해 그는 혼란 속으로 휩쓸려 들어간다.

그의 산책은 언제나 그의 방이라는 굳게 닫힌 공간에서 끝난다. "그는 배고픔을 참는 근엄한 표정의 동물처럼 미지의 구역들을 배회한다. 그리고는 그를 맞이하는 낯설고 차가운 자신의 방에서 완전히 탈진한 상태로 쓰러진다." [15] 그러나 그는 아마 세계의 불의와 부조리를 알아차렸을 것이다.

말로 신화는 이 쓸쓸한 방에서 이러한 자각과 함께 시작된다. "거울 속의 나를 바라본다, 나에게 보이는 내 모습이 싫다……. 그러나 나는 존재한다"고 그는 말한다.

어둠

처음에 우리는 빛 쪽으로 나아간다고 생각한다. 그리고는 목적 없는 행진에 지쳐 미끄러지듯 가라앉게 된다. 땅이 점점 더 물렁물렁해지면서 우리를 더는 받쳐주지 못한다. 땅이 열린다. 찬란한 종말을 향한 행로를 따라가려고 애쓰지만 소용없다. 우리 위로, 우리 안에서 어둠이 확장된다. 우리가 미끄러

15) 벤야민, 앞의 책.

져 내리는 동안 어떠한 미광도 우리를 비추지 않는다. 심연이 우리를 부르고 우리는 심연의 부름에 귀 기울인다. 위에는 우리가 되고 싶어 했던 모든 것, 우리를 더 높이 끌어올릴 힘이 없었던 모든 것이 아직 머물러 있다. 예전에 우리는 가장 높은 곳들에 반했으며 그리고는 그곳들에 환멸을 느꼈다. 그런 우리가 이제는 우리의 추락을 애지중지하기에 이른다. 우리는 이 추락을 완결시키려고 서두른다. 우리는 이를테면 이상한 실행의 수단으로서, 암흑세계의 가장자리에, 우리의 밤 같은 운명이 끝나가는 경계에 닿는다는 환각에 매혹된다. 허공에 대한 공포가 관능적인 쾌락으로 변한다. 태양의 반대편으로 돌아 움직이다니, 이 무슨 행운인가! 허공은 반대 방향으로의 무한, 우리의 발뒤꿈치 아래에서 꿈틀대기 시작하는 신, 존재의 깊은 균열 앞에서의 황홀, 그리고 검은 광채에 대한 목마름이다. 허공은 우리가 떨어져 잠기는 뒤집힌 꿈이다.[16]

초월적인 의미가 없는 이 새로운 세계에서 무의미의 심연을 향해 어떤 때는 빠르게, 또 어떤 때는 느리고 고통스럽게 미끄러지듯 내려가는 것은 돌이킬 수 없는 일이다. K는 신이 부재하는 세계, 관료 조직과 얼굴 없는 권력의 세계에 드리워진 어둠 속으로 잠겨들었다. 반대로 말로는 조사에 조사를 거듭하면서 시시

16) 시오랑Cioran, 〈해체의 개요Précis de décomposition〉, 갈리마르, 파리, 1949.

포스처럼 하찮은 승리를 영원히 되풀이하며, 결국에는 자신을 초월하는 기계 조직에 의해 자신의 예리한 통찰이 몇몇 세부 사항으로 축소되는 것을 보게 될 뿐이다. 그의 조사, 그가 오랜 시간 도시의 이곳저곳을 돌아다니는 과정, 그가 타인들과 일시적으로 융화되는 순간들은 너무나 자주 허망하고 우연적이며 특히 임시적인 것으로 드러난다. 행복은 이 세계와 관계가 없다. 왜냐하면 행복은 우리의 주인공이 투쟁을 포기하거나 이 세상에 없는 어떤 것의 존재를 그가 믿어야만 가능하기 때문이다. 말로는 이러한 종류의 죽음, 곧 모든 희망의 단념을 거슬러 행동한다. 그러나 이와 동시에 더욱 날카로워진 냉소적 태도를 내보인다. 그는 자기 자신이 잘 알고 있듯이 극한 상황에서만 실상 존재할 것이다. 대개의 경우 쓸쓸한 방의 깊숙한 안쪽 어디에선가 의식이 소멸할 때에만 극한 상황에서 벗어날 수 있을 뿐이라는 것을 그는 알고 있다. 그렇지만 수렁에 빠져 영원히 바위를 밀어 올리지 않을 수 없는 또 다른 영웅처럼 말로는 모든 것이 허무에 가까울 때마다 다시 나타나고 다시 시작한다. 그는 영겁회귀의 다른 표현이다.

　　말로 신화는 이 정도에 그치는 것일까? 시간의 어둠 속에서 빛나는 작은 전구. 하찮은 먼지인 우리를 위한 무한소無限小의 승리.

　　구원의 일시적인 형상.

말로를 기다리며

알프레드 에벨ALFRED EIBEL

말로 신화는 실재하는 것일까? 아무튼 말로는 1593년 런던에서 설명이 잘 안 되는 상황에서 29세의 나이로 죽은, 엘리자베스 여왕 시대의 대담한 극작가 크리스토퍼 말로를 연상시킨다. 우리의 말로는 가장 돈이 안 벌리는 직업, 사설탐정이라는 직업, 다른 사람들의 삶에 끼어드는 활동, 조심성 없이 말하자면 당신은 어디에 있었소, 몇 시에 거기에 도착했소, 거기에서 뭘 했소? 이렇게 연속적으로 휘몰아치는 질문, 끝날 줄 모르는 질문지를 달고 사는 사설탐정의 맹공을 선택했다.

말로는 사건을 맡으면 꽤 신중하다. 의혹으로 가슴을 졸이고 질문을 하며 조사를 더 원활하게 진행하기 위해 허풍을 떤다. 그는 고독, 독신 상태, 금욕적인 생활, 미국으로 옮겨간 영국

식의 도덕적 엄격성 때문에 숲 속의 늑대처럼 귀엽고 작은 귀를 쫑긋 세운다고들 한다. 말로는 솔로몬처럼 지혜로운 정의감을 지닌 인물이다. 그의 무사태평을 보고 그를 한낱 도락가에 지나지 않는 인물로 생각할지도 모르겠다. 설령 그렇다 하더라도 그의 이념, 무엇보다도 먼저 그의 공평무사함을 자세히 살펴볼 필요가 있다. 그는 각자에 대해 편파적이지 않고 공정하다. 이는 서론이라기보다는 하나의 신앙고백이다.

특이한 존재

말로는 자기 세대의 어떤 탐정과도, 어떤 '펄프' 사설탐정과도 닮지 않았다. 그들은 마이크 햄머의 행동 방식을 드러내고 교양이 없는데다 둔감하다. 말로는 소녀의 섬세함을 지니고 있다. 이러한 자질의 인물은 말로 이전에도 없었고 말로 이후에도 없을 것이다. 그는 특이한 존재이다. 그는 자신이 특이한 존재라는 것을 알고 있다. 그는 누구나 그가 특이한 존재이지 않을까 하고 짐작한다고 생각한다. 그는 자신이 괴짜라는 것을 드러내고 싶어 하지 않는 괴짜이다. 그는 여성들의 호감을 사는 매력적인 남성이지만 호색한은 아니다. 미국에 발을 디딘 적은 없지만 미국을 동경하는 유럽인에게 그는 여전히 참고 인물이자 환영幻影이다. 그는 거실로 맞아들여도 부끄럽지 않을 사람이다. 그러나 조심해야 한다. 그는 자신의 고객에게 직설적으로 말하는 사람이기도 하다. 〈빅 슬립〉에서 셔우드 장군에게 그는 단도직입적으로 선언한다. "내 분야에서 한 놈을 고용하는 것은 유리창 청소부를 구해 창문 여덟 군데를 보여주면서 '저걸 닦게, 그럼 끝이네' 하고 말하는 것과는 다릅니다."

말로는 웃지도 않고 농담을 잘하는 매우 '영국적인' 유머 감각을 지닌 대단히 예의 바르고 대단히 공정한 사설탐정이다. 때때로 그가 고객을 조롱한다는 느낌을 받을 수도 있다. 말로의 몽타주를 그리고 싶다면, 외모와 행동거지는 케리 그랜트Cary Grant에게서 취하고 경솔한 면은 윌로Hulot에게서 취해 이 두 가지를 종합해야 할 것이다. 내가 의미하는 바는 이렇다. 그는 항상 싸울 준비가 되어 있고 몹시 위태로운 상태에 있으며 어떤 때는 명백한 거짓말을 한 뒤에, 또 어떤 때는 모욕을 꾹 참기 어렵다는 것을 보여주기 위해, 얼굴을 찌푸릴 줄 아는 땅딸막하고 어설프며 짓궂고 교활한 사람이라는 말이다.

말로는 미국 최초의 탐미주의적인 사설탐정이다. 말로 같은 사람이라면 메그레Maigret 같은 사람에게 무슨 말을 할 수 있을까 상상하기가 어렵다. 메그레는 파이프를 입에 물고 조사를 한다. 말로는 예술적으로 작업하고 다듬는다. 미묘한 차이가 있다. 그의 세계에는 찬란한 피조물들, 종교를 믿지 않아도 '맙소사, 저렇게 예쁠 수가!' 하고 찬탄을 자아내게 할 만한 아가씨들, 화류계의 젊은 여배우 지망생들이 살고 있다.

여성들은 자신들이 아름답다는 것을 알고 있다. 그녀들과 이야기를 나누면서 '정말 아름답습니다'라고 말해도 그녀들은 수줍음을 타거나 하는 일이 없다. 말로는 예컨대 다음과 같은 찬사를 내뱉는다. "당신은 눈이 부실 만큼 아름답군요, 당신은 정말 섹시하군요." 〈리틀 시스터〉의 첫 부분에서 그를 만나러 온 소녀의 눈처럼 여자들의 눈에 연보랏빛이 감돌 때 말로는 매혹된다. 그는 또한 여자들을 껴안을 수 있다. 그렇다고 일에 지장을 받지는 않는다. 때에 따라 말로는 여자들에 대해 더 대담한 모습을 보일지도 모른다. "경제적으로 어려운데도 자신이 가난뱅이라는 사실조차 모르는 착한 아가씨였다"고 그가 결론을 내릴 때는 약간 지나친 감이 없지 않지만, 그의 첫인상은 거의 언제나 타당하다. 이런 생각이 들면, 말로는 돈도 없이 간청하러 왔다는 것을 재빠르게 간파하고 사건을 맡지 않을 궁리를 한다. 그렇지만 그는 거절하지 못할 것이다. 그는 이 불쌍한 바보를 궁핍에서 끌어낼 줄 알 것이다.

　　　이런 점 때문에 말로는 여러 사람을 짜증나게 만든다. 모든 것에 흥미를 잃고 몹시 무감각해진 듯한 사람, 옷을 잘 입고 자신감에 넘치며 입에 발린 말을 달고 사는 사람, 그는 정확히 어떤 사람일까? 관대한, 지나침에 빠지지 않고 지나침을 묵인하는, 물리적 폭력에 대해 너그러운, 마구 난타당할 만큼 무모한, 얻어맞은 만큼 되돌려줄 능력이 있는 사람이다. 말로는 성격과 속셈을 간파한다. 원예사가 식물을 연구하듯이 그는 인간을 연구했다. 그는 불건전한 사건들의 단면을 알고 있다. 그는 이러한 사건들을 경험했다. 상하 한 벌에 조끼까지 갖춰 입었거나 샤넬 풍의 고급 의상을 걸친 사람도 그의 눈앞에서는 추함과 광기를 감출 수 없다. 말로는 조사의 필요 때문에 할리우드의 호화로운 대저택, 1920년대의 설계도에 따라(우리는 지금 1940년대에 있다) 스페인 양식을 모방해 건축된 대저택, 글로리아 스완슨Gloria Swanson이 거닐고 있다는 상상을 불러일으키는 대저택 안으로 안내될 때에도 엄청난 규모에 그다지 강한 인상을 받지 않는 듯하다. 이는 말로가 정신을 딴 데에 두고 있기 때문이 아니다. 그에게 중요한 것은 대저택의 거주자들, 그들이 그에게 말할 내용, 그들이 그의 질문을 받고 제시할 대답이기 때문이다. 말로는 한 손에 포르투갈 산 포도주 한 잔을 들고 있고 다른 손에는 긴 담배 파이프가 들려 있는 여자를 관찰한다. 부자들의 세계! 우스꽝스러운 풍자화! 그러나 말로는 오로지 시간을 벌려는 의도에서 지극히 정중한 태도를 취한다. 그의 신랄한 유머 감각은 그가 자신을 보호하는 수단이다. 경우에 따라 그는 몹시 거들먹거리는 사람들을 웃음거리로 만들 줄 안다. 말로는 산초 판사 없는 돈키호테이다. 그는 하녀, 술집 요부와 모피 옷을 입고 향수를 뿌린 부르주아 여편네를 구별할 줄 안다. 그는 모든 계층의 여성들을 존중한다. 모든 여성에게서 그는 잠재적인 정부를 상상한다. 말로는 바보스러울 정도로 양심적이고 정직하지만, 자신의 조사가 달려 있을 때에는 보답이 돌아올 것을 기대하고 경찰에 정보를 슬쩍 흘릴 줄도 안다. 누가 속아 넘어가는 것일까? 누가 속이는 것일까? 경찰은 보답하지 않는다.

더 나쁘게는 돈 때문에 정의를 저버린다. 말로는 다시 고립된다. 그는 사설탐정들 중에서도 은둔자가 된다.

말로는 당당하게 움직인다. 그에게는 "당신을 감싸주겠다"고 말할 만한 사람이 없다. 그는 '상류 사회', 사기 챔피언들, 급증하는 마피아 조직원들에 대항한다. 말로의 이러한 측면은 충분히 강조되지 않고 있다. 이 사람은 친구가 거의 없다. 스타인벡 Steinbeck이 말했듯이 모호한 싸움에 뛰어든 이 사설탐정에게 우정이 진정으로 무엇을 의미할 수 있는지 의심스럽다.

기억력에 관한 한 그는 특별하다. 그는 아주 미세한 사항이라도 머릿속에 기입하고, 어떤 부유한 지주의 정원 분수대 주위를 돌면서, 또는 초대받은 곳에서 문이 열리기 전에 상황 증거를 찾으려고 애쓴다. 말로는 카메라이다. 그의 유년기는 어떠했을까? 우리가 알 수 있을까? 그는 한 가지 색깔을, 한 가지 특별한 향기를 기억할까? 그는 다른 세계, 다른 운명을 갈망했을까? 그가 수세守勢에 놓여 있다고 느끼는 데에는 그가 어떤 집 주위에서 비명, 울음소리, 웃음소리를 듣는 것으로 충분하다. 이러한 종류의 광경에 그는 열광하지 않는다. 당연하다. 우리의 사설탐정은 부가 과시되는 것을 보고 시큰둥하며, 그를 고용한 사람들이 한쪽 발로 반원을 그리는 동작을 보고 의사소통의 세계가 기만임을 확신한다. 말로는 그에게 도움을 요청하는 사회를 높이 평가하지 않는다. 그가 다른 상황에 있었다면 행복했을까? 존경받는 자리에 있는 사람들이라면 그를 식사에 초대하지 않을 것이라는 사실도 역시 그는 알고 있다. 사회 계층이 문제이기 때문이다. 말로는 엘리엇 네스Eliot Ness가 아니다. 그렇지만 그는 청렴하다. 이 점이 그의 고용주들에게 그토록 충격을 주는 것이다. 이 특이한 성격이 여자들의 눈에는 매력으로 비친다. 말로에게는 불법으로 주는 은밀한 돈, 뇌물, 수상쩍은 합의, 믿을 수 없는 선물이 통하지 않는다. 말로는 무엇이 가치 있는지를 알고 있다. 그는 자신의 일을 정당하게 평가할 줄 안다. 그는 영화계의 스타가 아니라 단지 정직하게, 게다가 RAF(영국 공군—역주)에서 가난, 궁핍, 검소를 당연한 것으로 받아들이는 로렌스T. E. Lawrence 같은 사람을 본받으면서 자신의 일을 하고자 하는 탐정이다. 말로의 사무실은 책, 음악을 빼고 고약한 냄새, "먼지 냄새와 담배 냄새, 사람들이 살아가고 살아남는 세계의 냄새"를 더한 또 다른 '클라우즈힐Clouds Hill' 이다.

어떻게 위대한 말로는 부가 악덕과 운이 맞는 어떤 타락한 세계에 빠져 있다가 결백하고 깨끗한 상태로, 무시외 프로프르Monsieur Propre(영어로 치자면 Mr. Clean이다. 우리말로는 청렴 씨 정도가 될 것이다—역주)의 화신으로 무사히 거기에서 빠져나오기에 성공하는가? 틀림없이 누구나 이렇게 자문할 것이다. 그 이유는 물이 오리의 깃털을 적시지 못하듯이 그다지 유쾌하지 않은 삶의 측면이 그에게 영향을 주지 못하기 때문이다. 또한 진실을 들추어내는 것 이외에는 아무런 것도 그의 관심을 끌지 못하기 때문이다. 그는 나머지에 대해서는 '그러면 어때' 하고 전혀 아랑곳하지 않는다. 은퇴할 때까지 가난할 말로를 상상하는 것은 현실성 없는 이론적인 전망일까? 어떻게 달리 상상할 수 있겠는가? 그저 〈호수의 여인〉의 지팡이처럼 나무로 된 것을 짚고 다니면서 노년을 보내기에 좋은 쓸쓸한 은거처. 상대방 없이 혼자 장기를 두기까지하는 고행의 삶. 안 보이는 소중한 사람아, 장군 받아라. 자기 자신에게 장군을 부른다. 빌어먹을 늙은이 필립, 또 다른 나, 나는 그대에게 그대가 마땅히 받아야 하는 정량定量의 몫을 주었을 것이다! 마음이 여리기에 고독한 말로는 콜롬보 식으로 고물 자동차의 핸들을 잡은 현대의 기사騎士로서 고객의 이름으로 조사를 추진하기 위해 두려움 없이, 아무것도 개의치 않고 싸움판으로 뛰어든다. 필립 말로에게 맡겨진 사건들이 그의 지능과 동일선상에 있지 않다는 것을 인정하자. 그의 실력은 더 뛰어났을 것이다. 그는 스스로 그렇게 자부하고 있었을 것이다. 필요 앞에는 법도 필요 없다. 그가 제안받는 것을 그는 받아들인다. 그는 아마 처음에는 정신을 자극하는 어떠한 요소도 내보이지 않는 사건이 결국에는 파문을 일으키는 기막힌 것으로 밝혀질지 모른다고 생각할 것이다. 모든 상황에서 그는 정확하고 교활하며 진실을 알기 위해 거짓을 권할 뿐만 아니라 엉뚱하게 처신하고 조사의 대상이 된 사람을 더 능란하게 옭아매기 위해 방심한 체하며 기분을 전환시키기 위해 익살을 떤다. 말로는 디드로Diderot의 〈배우의 역설〉을 읽지 않았다. 그러나 그는 완벽한 배우, 뛰어난 구성構成 배우인 것으로 드러난다.

말로는 여자의 보석을 첫눈에 감정할 수 있다. 그에게는 육감이란 게 있다. 단편소설 〈연필〉에서 그는 다음과 같이 표명한다. "누군가에게 소유되어 있는 여자와 소유되어 있지 않은 여자들은 서로 다른 세계에서 살아간다. 나는 어느 쪽의 여자도 경멸하지 않는다. 나는 이 두 부류에 다 같이 관련되어 있다." 필립 말로는 캘리포니아의 부유층에 대한 뛰어난 관찰자로서 자신의 임무를 수행한다. 그는 관심을 끌려고 애쓰지 않는다. 그는 경이적인 성공을 이루어내지만 이를 과시하여 사람들을 감탄하게 하지 않는다. 말로의 관심을 끌기는 쉽지 않다. 놀라움을 절대로 드러내지 않는다는 바로 이 점 때문에 그는 사람들의 비난을 산다. 그는 자신이 사전에 예상하지 못했을 어떤 일을 해서 현행범으로 체포되는 것을 몹시 싫어한다. 그는 평상심을 유지할 줄 안다. 고급 내의를 자주 갈아입기 위해서는 늘상 몸을 깨끗이 해야 한다. 말로는 그가 심문하게 되는 사람들과 구별되지 않도록 머리끝에서 발끝까지 옷을 잘 차려 입는다. 양복 정장에 넥타이를 꼭 맨다. 이는 복장이 수수한 탐정과 상반되는 태도이다. 늘 그렇듯이 거북하고 기괴한 사건 현장에서도 태연하다는 사실은 말로가 스스로 설정한 규칙과 상응한다. 태연한 태도는 그의 전술이다. 그는 이 전술을 완벽하게 다듬었다. 사교적이고 동시에 사회생활에 적응하지 못한다는 것, 이것은 타고난 감각으로 재치 있는 임기응변을 썩 잘 구사하는 필립 선생의 본질이다. 그는 무관심을 공공연히 표방한다. 〈빅 슬립〉에서 말로는 흥분한 색정 과다증의 여자에게 다음과 같이 말한다. "당신이 나에게 당신의 늘씬한 다리를 드러내보여도 상관없소. 다리가 참 고혹적이군요. 이런 다리를 감상하게 되다니 난 참 행복합니다." 온전히 자기 것이 된 수완. 그는 전문가의 시선을 갖추고 있다. 말로는 이 날카로운 어조, 달리 말하자면 정중하고 세련된 사람들을 상대할 때 없어서는 안 될 도발적인 언어를 잘 구사할 줄 안다. 여러 상황에서 말로가 서슴없이 드러내는 솔직함은 아마 그의 개성에서 찾아볼 수 있는 가장 예측 불가능한 모습의 하나일 것이다. 이것은 피학 취미의 한 형태가 아닐까? 앞에서 언급한 유혹적인 못된 여자에게 그는 또다시 말한다. "당신이 내 방식을 좋아하지 않아도 상관없소. 내 방식은 꽤나 형편없지요. 그래서 긴 겨울 저녁나절 동안 수없이 절망을 맛보았소." 저간의 사정이 얼마나 잘 표현되어 있는가! 사샤 기트리Sacha Guitry라도 인정했을 법한 멋진 응수이다. 이 아가씨는 표현 문구 이상의 깊은 진실이 있다는 것을 알아차리지 못한다. 말로는 적절한 대답을 제대로 할 줄 아는 차분하고 냉정한 인물이다.

사설탐정에게 재빠른 응답의 감각은 진실을 밝혀내기 위한 보증이기에 앞서 주요한 자질들 가운데 하나가 아닐까? 말로는 전형적인 미국인이라고들 한다. 말로의 창조자도 그렇게 말했고 그렇다는 것을 되풀이해서 강조한다. 그러나 이 문제는 누가 보느냐에 달려 있다. 고트Ghote 형사의 창조자 키팅H. R. F. Keating에게는 말로가 그다지 잔혹하지는 않지만 너무나 영국적인 사람일 것이다. 그의 어투 때문일까? 잘못을 깨달으시오. 말로는 다량의 럭키 스트라이크Lucky Strike를 거머쥘 수 있는 전형적인 미국인이다. 말로는 적극적인 탐정, 소극적인 구경꾼, 때로는 괴짜로서 밖으로부터 행동을 관찰하면서도 행동에 가담한다.

겉으로 드러난 것을 믿지 마시오. 말로는 주먹을 휘두르고 모욕을 퍼붓고 대결을 모색할 능력이 있는 다루기 힘든 사람이다. 그는 고객의 이익을 우선적으로 생각한다! 〈빅 슬립〉에서 그는 다음과 같이 고백한다. "나는 내가 팔 수 있는 것, 말하자면 약간의 배짱과 신이 나에게 부여한 약간의 잿빛 물질을 팔아먹고 산다." 그는 고객과 상대방의 진가를 알아볼 줄 안다. 저속한 상대와 맞설 때는 화를 내면서 간단하게 말해야 한다는 것을 그는 잘 알고 있다. 대결 후에는 자신이 더렵혀졌다고 느끼기도 한다. 〈안녕 내 사랑〉에서 그는 "집에 가서 목욕을 하고 목을 닦은 다음에 손을 돌로 문질러야겠어"라고 말한다.

"시인처럼 깊이가 있다"고 한 독일 비평가는 말했다. 그는 말로의 독창성을 표현하고 싶어 했다. 자, 큰 즐거움을 맛보시오. "대부분의 주택들이 어두웠다. 거리에서 해조류 냄새가 올라와 안개 속에서 감돌고 있었다. 대로의 축축한 콘크리트 위에서 차 바퀴 구르는 소리가 들려왔다. 세계는 물기를 담고 있는 허무였다." 바빌론 억양의 시를 좋아한다면, 감사를 기대하는 것이 얼마나 어리석은가를 알기 때문에 그만큼 더 냉혹한 말로, 무정한 금전등록기를 서둘러 따라가시오. 그에게는 어떠한 물질적인 이

득도, 어떠한 뒷받침도 없다. 그는 쉽게 상처받고 잘 속는다. 왜냐하면 이 전설적인 인물은 아킬레스건(치명적인 약점을 뜻한다—역주)이 하나 이상이기 때문이다. 말로는 다소간 몰락하는 세계에서 살아간다. 거기에서는 상대를 존중하는 태도가 아직 남아 있다. 그가 우리 사이로 돌아온다 해도 그의 자리는 없을 것이다. 말로는 얼굴이 길쭉한 기사('슬픈 얼굴의 기사' 돈키호테를 암시하는 듯하다—역주)이다. 그에게는 어떤 방법으로 조사에 착수할 것인가에 대한 설명이 필요 없다. 그는 고객에게 더 충실하게 봉사하려는 의도에서 한두 번쯤 규칙을 어길 준비가 되어 있다. 그는 사설탐정이지 성당 관리인은 아니라는 사실을 늘 염두에 두어야 한다. 그는 "고객이 부정직하지 않은 한, 고객을 최우선으로"라는 기치를 높이 든 용기 있고 꾀바른 기사이다. 원칙 없는 사회에서 말로는 원칙을 지킨다. 교활한 사회에서 그는 자신의 원칙이 자신의 개성과 불가분의 것이라는 사실을 알고 자신의 원칙을 적용하고 싶어 한다. 그는 돈을 밝히지 않으며 질문을 강요하지 않는다. 하루에 25달러와 제반 비용을 더한 것이 그의 보수이다. 가당찮다. 부자에게 25달러는 정말 팁에 지나지 않는 것이 사실이다. 말로씨, 진심에서 그토록 적게 요구하는 것이오? 어떤 곳에서는 당신이 남의 웃음거리가 되지 않겠소? (말로의 급료는 나중의 소설로 갈수록 많아지게 된다.) 말로는 이것이 보잘것없는 보수라는 것을 알고 있다. 그렇지만 그는 〈하이 윈도The High Window〉에서 머독 부인이 의뢰한 일을 시작할 때 100달러짜리 지폐 한 장에 자신이 저

당 잡힌 듯한 느낌을 갖는다. 고객에게 봉사한다는 것이 나이 든 뚱뚱한 아줌마에게 맹목적으로 복종하는 사람이 된다는 것을 의미하지는 않는다. 그는 오만함이 고객으로 하여금 비밀을 털어놓게 하거나 필요에 따라 고객의 심리적 안정을 흩뜨려 놓는 가장 확실한 수단의 하나라고 여긴다. 고객은 더 이상 반발하지 못한다. 고객은 이것이 필립 말로의 본질적인 개성이려니 생각한다. 무엇 때문에 고객이 그를 고용했겠는가? 유능한 탐정을 찾아가는 사람들은 결과가 중요하다는 것, 말로가 청렴하고 공정하게 처신한다는 것을 아주 잘 알고 있다. 그래서 그의 어리석음은 못 본 척한다. 비관주의자이자 회의주의자인 말로는 오래전부터 이 문제를 면밀히 고찰했다. "대부분의 사람들은 돼지일 뿐이다. 게다가 우리가 살고 있는 세계는 정말 매력이 없다." 누구나 그를 이해했을 것이다. 말로는 고질적인 인간 혐오자이다.

옛날 탐정들은 논리적이었고 박식했으며 진지한 자세로 정황 증거에 매달렸다. 그들에게는 불에 타버린 하찮은 서류가 엄청나게 중요했다. 이러한 옛날 탐정들과는 달리 말로는 필시 탐정소설의 역사에서 최초의 '후각적인' 사설탐정일 것이다. 직업상의 목적을 위해서만이 아니다. 꽃, 정원, 잔디, 여자들의 향수에서 나는 냄새로 그는 황홀경에 빠진다. 인간의 냄새도 그에게는 생소하지 않다. 그는 다음과 같이 말한다. "나는 그가 풍기는 냄새를 느낀다. 몹시 깨끗한 중국인의 냄새와 같은 일종의 건조하고 역한 냄새이다." 말로는 약간 외국인을 싫어하는 사람일까? 그는 편견이 없다고 자처한다. 문제를 우회하기 위해 그가 후각의 올바른 사용에 무관심하다고 말하자. 아! 남의 낌새를 맡으려고 코를 킁킁거리는 백인들이란!

말로는 몹시 힘겨운 한나절을 보내고 사무실로 돌아와 혼자 중압감을 덜어낸다. 그는 주위 공기에 몸을 내맡긴다. 늦은 밤이면 그는 창문으로 몸을 내밀고 냄새를 들이마신다. 그는 밤나방을 동경한다. 그는 아무도 그를 방해하러 오지 않으리라는 것, 아무도 그에게 전화하지 않으리라는 것, 주목할 만한 어떤 사건도 일어날 가능성이 없다는 것을 알고 있다. 로스앤젤레스가 그를 잊었다. 어쨌든 그는 정말로 존재하지 않을지 모른다. 사라질지도 모른다. 누가 그를 알아볼 것인가? "달리는 차량들의 소음이 어느 정도 가라앉았다. 창문이 열려 있다. 아직 서늘해지지 않은 저녁 공기에서 바쁜 하루에 지친 이 냄새, 먼지와 휘발유와 난방이 지나치게 된 벽과 복도의 냄새가 느껴진다. 이 냄새에 멀리 보이는 수많은 식당의 상한 음식 쓰레기 냄새, 그리고 이 악취와 함께, 이 악취 위로 할리우드 언덕들에서 따뜻한 날씨로 인해 유칼리나무들이 풍기는 떫은 동물 냄새, 사냥개의 후각을 지닌 사람이라면 맡을 수 있는 얼얼한 동물 냄새가 뒤섞인다." 〈하이 윈도〉의 말로는 예민한 후각을 자랑한다.

캘리포니아에 대해 사색하지 않거나 정밀한 추론에 몰두

하지 않을 때면 말로는 가장 상냥한 모습, 사설탐정으로 변장한 예술가의 모습을 드러낸다. 이것이 문제의 핵심이다. 말로는 매 순간 아주 민감하게 반응하며 살아간다. 그러나 그의 영혼은 앙리 벨Henri Beyle(프랑스의 소설가 스탕달의 본명-역주)의 예민한 영혼이 아니라, '프라이빗 아이private eye'(사설탐정을 의미한다-역주) 나라의 민감한 영혼이다. 그는 비록 쓰지는 않지만 캘리포니아의 연대기 작가이다. 그는 그림을 그리지도 않는다. 그는 음악에 관해 거의 말하지 않는다. 따라서 말로는 로베르트 무질Robert Musil이 말했듯이 특별한 자질이 없는 예술가이다. 그의 작품은 그가 수수께끼에 접근하는 방식, 그의 영각迎角(본래는 항공 용어로 비행기 날개의 기준면과 기류가 이루는 각도이다. 문자 그대로는 '공격 각도'라는 뜻이다-역주)이다. 그는 실마리를 잡고 실패의 실을 푸는 특별한 재능을 지니고 있다. 그에게는 지름길이 반드시 직선이지는 않다. 말로는 재치와 기발한 착상으로 가득 차 있다. 말로는 교활한 사람이 아니라 꾀바른 사람이다.

말로에게는 과장하는 측면이 있다. 이로 인해 그는 다른 유명한 사설탐정들과 구별된다. 특히 그가 문장을 연설조로 말할 때 그렇다. 누구나 뭘까 하고 의아해한다. 그의 대화 상대자들은 이것이 무슨 말인가를 얼른 파악하지 못한다. 그는 기민하고 매혹적이며 명랑한데다가 쾌활하다. 그는 상황에 따라 아주 훌륭하게 버스터 키턴Buster Keaton처럼 냉담해진다. 그는 자신의 수사를 새로운 방향으로 전환시킬지 모르는 괴상한 세부 사항을 밝히는 데에 명예를 건다. 수사가 진지하게 이루어지더라도 고객은 피곤해할 수 있다. 말로는 자신의 고객이 이러한 점을 잊어버리도록 하기 위해 익살스럽게 낭독하듯 말한다. 그는 증거를 대라고 다그치는 이들에 대해 유희적인 방식으로 대처해나간다. 결국 말로는 용의자들 가운데 가장 뜻밖의 인물에게 복수의 손을 불쑥 내민다. 그러면서도 고결함과 기품이 있다. 그는 용의자와 좋은 관계를 맺고 용의자에게 관심을 보이지 않는다. 이는 용의자를 당혹스럽게 만들고 더 잘 굴복시키기 위해서이다. 소설의 끝에서는 상황이 이런 잠재적인 용의자에게 불리해진다.

남성 우위론과 기사도 사이에서

그는 방어 수단이 없는 여자들을 돕기 위해 나서는 성향이 있다. 여자들은 머리가 별로 좋지 않지만 때때로 숭배할 만하다. 말로는 여자들의 이런 점에 좋은 점수를 준다. 그는 슈퍼맨도 배트맨도 아니다. 그는 최선을 다해서 자신의 신경증을 관리한다. 꼭 그럴 이유가 전혀 없는데도 속내를 털어놓게 되는 일이 그에게 일어난다. 요컨대 그는 올드 포리스터를 한 모금 마신 뒤 자신이 가련하고 감상적인 숙맥이라고 시인하고 싶어 한다. 다른 한편으로 그는 낚을 상대를 찾아다니는 초심자의 대담함을 갖추고 있다. 예컨대 〈리틀 시스터〉의 도입부에서 자신을 만나러 온 오파메이 퀘스트에게 그는 이렇게 말한다. "정말 예쁘다는 말 많이 듣지 않나요?" 그리고는 이렇게 덧붙인다. "안경을 벗으니 정말 예쁜 눈이군요." 그렇다, 이런 식으로 대화가 진행된다. 그는 고전적인 찬사를 과감하게 던진다. 상대방이 속인다는 것을 그가 알아차릴 때에는 그의 행동이 철저하게 변할 수 있다. 그럴 때면 그는 괴물이나 난폭한 사람이 되지는 않지만 격분과 평정 사이에서 균형을 유지하면서 상대방을 심술궂게 대할 줄 안다. 독자는 그가 더 냉혹하고 더 타산적이며 덜 솔직하기를 바랄 것이다. 누구나 성격을 고치기는 힘든 법이다. 말로는 여전히 말로이다. 그에게 아첨은 낯선 개념이다.

처음으로 말로를 알게 된 독자는 말로의 비상한 말재주, 어색함이 없는 태도, 재치 있는 응답 앞에서 문학적 소양이 있는가 하고 묻게 될지도 모른다. 그가 독서광은 아니라는 것을 누구나 알고 있을 것이다. 그는 책벌레가 아니다. 그는 책보다는 오히려 사람의 얼굴을 읽고 싶어 한다. 게다가 무엇보다도 연속되는 수사로 인해 그는 책을 읽을 여유가 없지 않을까? 그가 저명한 문인, 이 경우에는 위대한 시인 로버트 브라우닝을 암시하게 된다 해도, 이는 시 한 편을 분석하기 위해서가 아니라 낱말이나 이름으로 농담하기 위해서이다. 매니큐어를 잔뜩 칠한 어떤 여자에게 그는 하찮은 말장난으로 충분하다고 생각하여 현재 진행 중인 수사에 상응하는 시 한 편을 암송한다. "날도 시간도 아닐 것이고 순간과 장소와 사랑받는 존재의 결합도 아닐 터라네." 멋지지 않은가? 말로는 얼이 빠진 숙녀 앞에서 다음과 같은 말을 덧붙인

다. "브라우닝, 자동 권총(브라우닝은 자동 권총의 상표이기도 하다—역주)
이 아니라 시인이죠. 당신은 자동 권총을 더 좋아할 테지만 말입
니다." 오랫동안 생각했으니 발사하시오! 이와 같은 말장난이
〈리틀 시스터〉에서 벌어진다. 그렇다고 해서 그가 멍청한 여자의
늘씬한 다리에 감탄하지 않는 것은 아니다! 그녀는 정말이지 은
막의 스타, 잠자리의 전문가, 밝히는 여자이다. 그녀의 애인은 너
무 많아서 전화번호부에 다 들어갈 수 없을 지경이다.

　　　말로는 자신의 여자 고객들과 양면적이고 황당한 관계를
맺는다. 음악 없는 발레. 그렇다, 말로는 따귀를 맞는다. 방금 그
에게 따귀를 갈긴 여자는 뒤이어 그에게 안아달라고 한다. 바로
이게 곤란한 점이다. 말로는 부드럽고 다정한 사람이다. 그렇게
어리석지 않다. 그는 기회를 잘 포착한다. 이런 기회가 날마다 오
는 것은 아니기 때문이다. 그가 2층의 칸막이 좌석에 앉아 무대
를 보고 있다가 팔로 여자를 꽉 껴안는다. "머리가 뒤로 젖혀졌
다. 그녀의 입술이 벌어졌다. 그날 나는 정말로 여자들에게 저항
할 수 없었다."

　　　1949년 말로의 나이 38세. 38세는 청년 시절은 아니다.
아마 유혹하거나 유혹당하기에 좋은 나이일 것이다. 말로는 할리
우드 시대의 요부들처럼 커다란 검은 모자를 옆으로 기울어지게
쓰고 다리를 꼬고 앉는 여자들을 특히 좋아한다. 그는 여자의 목
에 매혹당한다. 특히 여유가 있고 돈이 많을 때엔 흥분이 절정에
달한다. 말로는 대담하다. 통찰력 있는 독자는 이해할 것이다. 그

리고 말로의 유명한 비유가 입 밖으로 나올 때면 그가 어디에서 돌아오는지 누구나 눈치 챌 것이다. "그녀의 붉은 입술은 방금 출고된 소방차 같아." 캘리포니아 사회는 대조적인 측면이 혼란스러울 정도로 많다. 그다지 존경받을 만하지 않은 사람들에 의해 운영되는 번쩍번쩍한 나이트클럽과 사치품, 점잖은 체하는 호사스런 술꾼과 불한당, 정부情婦, 열심히 일하는 종업원, 베벌리힐스의 터키 식 수영장의 수영 코치일지도 모르는 협잡꾼, 늙은 여자의 애인이 되어 열등감에서 벗어난 놈팡이 등이 뒤섞여 있다. 테니스 라켓을 다루듯이 미국 달러를 다루는 이 한심한 세계에서 말로는 울며 겨자 먹기로 하찮은 팁, 이 사설탐정이 매 순간 상처를 입을 위험 속에서 겪는 어려움을 알게 된다면 누구나 그만큼 더 터무니없다고 생각할 만큼의 빈약한 봉급을 받는다. 그는 낙담의 순간들을 맞는다. 그러한 어느 순간에 필립 선생은 마침내 호주머니가 텅텅 비게 된다. 그는 이렇게 말한다. "아무튼 난 이 직업이 마음에 들지 않았어." 그의 이 말은 세계에서 가장 유명한 탐정의 입에서 나오는 진실이다. 누구나 이것을 이해한다오. 1년 내내 악당들 때문에 서두르고 거칠게 다루어지며 호되게 몰리고 녹초가 될 뿐만 아니라 말투가 상스러운 경찰에게 얻어맞기도 하며 대결 중에 옷이 찢기기도 한다는 것을 말이오. 돈 없는 기사 말로에게 갈아입을 옷이 36벌이나 있을 리 없다. 말로의 옷장은 그의 은행 잔고만큼 비어 있다. 게다가 면접을 보러 가기 위해서는 말끔한 복장을 하고 왁스 칠한 구두를 신어야 한다.

말로는 아내가 없다. 그렇다고 해서 확고한 독신주의자는 아니다. 이 사실은 미완성으로 남은 마지막 소설이자 〈팜 스프링스Palm Springs〉의 풍자적 모작模作인 〈푸들 스프링 이야기Poudle Spring Story〉에서 확인할 수 있다. 돈이 아주 많은 여자와 결혼한다고 해서 말로가 행복해 할까? 그가 사설탐정의 경력을 쌓아가는 동안 누군가가 그에게 이런 질문을 던진 적이 있는가? 독신 생활이 일종의 특권적인 상태라는 것을 믿는다면, 이런 질문에는 당사자가 거만한 태도를 감추지 않고 농담으로 대답하는 법이다. 요컨대 그와 아주 잘 어울릴 여자들도 너무 위험한 직업, 적은 수입이라는 주요 장애 때문에 주저하다가 결국 포기하고 만다. 품에 안은 여자라고 해서 결혼하는 것은 아니다. 여자들은 상큼한 위안거리이다. 이상적인 여자라면 하루나 한 달, 부득이한 경우 1년 동안은 완벽해 보일 수 있을 것이다. 대부분은 허세로 가득 차고 천박하며 겉만 번드레하고 완전히 작위적인 사회, 중성의 세계에서 태어나 자란 여자이다.

"내 이름은 필립 말로이다. 할리우드 카휴엔가Cahuenga 빌딩 615호에 살고 있다. 이 빌딩은 이바Ivar 근처, 할리우드 스트리트에 있다. 내 전화번호는 글렌뷰Glenview 7357이다." 〈안녕 내 사랑〉에서 팔팔한 사설탐정, 그와 어떤 각도에 있으냐에 따라 다르겠지만 아마 목소리가 가장 낭랑할 것이고 가장 엘리자베스 시대적이며 범죄소설이 만들어낸 탐정들 중에서 가장 얼굴이 붉고 가장 사심이 없으며 가장 비현실적인 활달한 탐정이 이렇게 자신을 소개한다. 그는 마치 수족관 뒤에 있는 듯이 유심히 살펴보는 그 양서 동물들 사이에서 커다란 용기를 발휘한다. 그는 상황에 따라 응수할 준비가 되어 있는 상태로, 가능한 한 오랫동안 물속에 머물기 위해 산소통을 갖춘 잠수부처럼 돌아다닌다. 말로 자신이 양서류의 목록에 들어 있지 않은 양서 동물, 방탕이 아니라 염세적인 기분과 담배와 술에 빠진 칠칠치 못하고 대담한 사람이다. 그의 사무실을 보는 것으로 충분하다. 말로는 군살이 없는 사람(아직은 에어로빅의 시대가 아니다)으로서 도시의 모습이 변하는 밤에 정해진 목적지 없이 운전하기를 좋아한다. 말로는 대로에서 자동차를 몰면서 생각에 잠긴다. 혼잣말을 중얼거리면서 명쾌하게 밝혀지지 않은 사항을 반추한다(말로는 혼자 숙고하기를 좋아하는 사람들의 부류에 속한다. 혼자 숙고하기는 그의 많은 별난 태도들 가운데 하나이다.) 따라서 그는 실수를 저질렀다고 인정하면 자신의 잘못을 인정할 각오가 되어 있다.

요부들

말로는 이따금 엉뚱한 생각에 푹 빠져든다. 자, 보라. 말로의 두드러진 약점은 (진한 커피 한 잔을 들이켠 뒤) 완고한 여자들을 대할 때 드러난다. 다음 장면을 상상해보라. 즉 변태적인 여자들. 말로 또는 여러 성격이 기발하게 뒤섞인 남자. 이기주의자라 하지만, 이는 흠이 되지 않는다. 소속 계층에서 약간 불량한 자아도취에 빠진 자. 돈에 구애받지 않고, 그래서 부유하고 아주 멋진 여자들이 돌아다니는 사회에 편입된 사람들과 자주 만날 수밖에 없는 말로는 이러한 여자들을 쉽게 유혹할 수 있다고 상상한다. 어떤 젊은 아가씨가 호기심을 잔뜩 품고 그에게 다가온다. 당연히 날씬하다. 그러고는 품에 안기려는 신호인 샐쭉한 표정, 눈짓, 눈을 감기만을 기다린다. 말로의 취향은 일류이다. 그가 여러 차례 연애를 하면서 상대 여자에 대해 한 말들로 판단해보라. "몸매가 잘빠진 귀여운 금발 아가씨"라고 하거나, 그녀는 "젊고 예쁠 뿐만 아니라 저돌적이고 광적이다"라고 하거나, "나이가 분명치 않은 날씬한 여자인데 밤색 머리가 아무렇게나 흐트러져 있고 입이 격전장처럼 붉으며 볼에 연지를 너무 많이 바르고 눈 화장을 했다"고 하거나, "갈색 머리에 검은 바지, 노란 셔츠, 그리고 긴 회색 재킷을 입은 날씬한 아가씨인데 마치 내가 방금 욕지거리라도 한 듯이 내 얼굴을 뚫어지게 쳐다보았다"라거나 그 당시 "머리색이 비교적 짙었는데 아마 적갈색이었을 것이고 이마가 넓고 눈길이 진지한데다가 광대뼈가 튀어나오고 콧구멍이 가볍게 움직였으며 입을 굳게 다물고 있었다"고 하거나, "진한 녹색 바지, 잘 어울리는 재킷, 흰색 블라우스를 입었고 운동화를 신었으며 대충 목도리를 둘렀고 머리띠로 올린 머리털이 얼굴로 얌전히 흘러내렸다"고 하거나, "머릿결이 아름다운 베네치아 금발이고 입가에 잔잔한 미소가 어려 있으며 어깨 위로 파란 밍크 코트가 매혹적이어서 이것에 비하면 롤스(롤스로이스 자동차—역주)도 어떤 평범한 낡은 자동차로밖에 보이지 않았다"고 한다. 아, 말로여! 그대는 결코 변하지 않을 것이다. 영원히 극단적일 것이다! 말로는 보라색 눈의 여자들을 편애한다. 알아둘 것은 그가 공무원인 여자들을 좋아하지 않는다는 점이다. 왜냐하면 그런 여자들에게는 인생의 목적이 안전의 추구이기 때문이다. 말로는 취향과 색깔에 주안점을 둔다.

말로에게 친구들, 참된 친구들, 교우 관계가 오랫동안 지속되어온 친구들, 우정이 깨질 수 없는 친구들이 있다고 주장하는 것은 언어의 남용일 것이다. 그는 한 사람의 친구가 있을 뿐이다. 이 사람과의 관계는 정말로 말로가 경찰이었을 때의 어떤 확고한 관계로 어느 정도 귀착된다. 뭐라고, 모르고 있었다고? 아, 그래. 아직 설명하기 전이군. 그에게 결여되어 있는 것은 그가 가을에 나무들의 색깔에 관해 여러 날 내내 대화를 나눌 수 있을 친구이다. 말로는 가능성 있는 정보 수집이나 참고자료가 필요하다고 생각되면 그의 오랜 단짝인 버니 올스 수사반장에게 전화를 해 위안을 얻는다. 어느 클럽에서 그에게 "어, 필립, 오늘 하루 어떻게 지냈어, 별일 없지"라고 물으며 약간 성가시게 끼어드는 많은 친구들에게 둘러싸여 있는 말로를 상상할 수 있을까? 그는 자신이 직접 자기 자신에게 온정어린 안부 인사를 한다. 어떤 점에서 말로 안에는 그보다 선배였거나 후배일 모든 탐정이 함께 있는 셈이다. 그는 이러한 짓궂은 물음의 배후에 무엇이 있는가에 대해 자문하는 사려 깊은 사람이다. 깊이 생각할 때, 말로에게 미행은 휴가 같기도 하다. 울새가 강도의 속셈을 품고 있다고 말할 때의 그에게서는 '만화적인' 면모, 텍스 에이버리Tex Avery 풍의 동물 환상이 엿보인다. 말로가 그의 대화 상대자도 독자도 즉각적으로 접근할 수 없는 특이한 유머 감각을 지니고 있다고 누구나 인정할 최초의 사람이라는 점을 고려한다면, 그의 이러한 면모와 환상은 이상할 것이 전혀 없다. 그는 그닥 의미 없는 반론을 폄으로써 사람들을 어리둥절하게 만들기를 좋아한다.

벌써 사기꾼 그루초Groucho의 콧수염이 떠오르기 시작한다. "이슬람교의 도사, 정말로 보잘것없는 것, 말안장, 경주마", 그가 대화 상대자 면전에서 벌이는 뜻밖의 행동(어떻게 전혀 그런 기색을 보이지 않으면서 다른 사람의 낯짝을 아랑곳하지 않을 수 있을까).

—여자들은 고양이보다 더 충동적이야.

한 사람이 말한다.

—그리고 고양이들은 개보다 더 충동적이지.

말로가 말한다.

—어째서 그래?

말로는 '음속'을 뛰어넘는 녀석에게 그 녀석의 어리석음을 강조하기 위해 그에게 더 조악한 허튼소리로 대답한다. 말로는 〈호수의 여인〉에서 다음과 같이 표명한다. "난 일단 미워하면 지독하게 미워해. 그러나 아주 오랫동안 미워하지는 않아." 그는 앙심을 품지 않는다. 흔들어 떨구어야 할 너무나 많은 노력, 뒤얽힌 상황, 기억이 있다. 골머리를 썩여서는 안 된다. 유연하게 생각하도록 유지하자. 마침내 체념하고 받아들여야 한다. 말로는 명상가이다. 그가 직업 활동에서 벗어나면, 인간은 그와 별 관계가 없게 된다. 인간의 본성에 관해 여전히 환상을 품기에는 너무 많은 시체. 그 시체들, 그 쏟아진 피 전체, 자신의 직업에 관해 허풍 떠는 사람들, 존경의 표시에 목말라하는 부인들, 나들이옷을 입은 녀석들, 자기 자신의 이야기에 도취된 듯 철학하는 철학자 노인들, 교활함을 숨기고 다시 침팬지가 되었을 원숭이처럼 약삭빠른 경찰관들로부터 벗어나면 말로는 이 참기 어려운 원무보다 자연, 초원, 낭떠러지, 항구, 조용한 거리, 고요 속에 잠긴 주택, 아무도 없는 짧게 잘 깎인 잔디밭을 더 좋아한다. 심지어는 자신이 두 대저택을 보고 어느 것을 구입할까 망설이는 지주라고 상상하는 일도 일어난다.

말로의 나이에 대한 암시는 그가 등장하는 모든 책에서 찾아볼 수 있다. 말로가 이 소설에서 저 소설로 옮겨가면서 나이를 먹는다는 것은 사실이다. 〈플레이 백Play Back〉에서 말로는 권위적인 엄네이Umney 씨가 전화로 하는 말을 가만히 듣는다. 이 작중인물은 말로가 탐정으로서 룰타빌Rouletabille의 융통성을 지니고 있을 것이라고 잘못 생각하고는 말로에게 사건 하나를 맡기고 싶어 한다. 말로는 당황하지 않고 정직하게 처신한다. "난 결코 젊은이가 아니오. 늙었고 기력이 없으며 카페인이 전혀 없는 커피와 같소." 나이가 눈 덮인 산비탈을 급히 내려갔는데도, 우리의 탐정은 나이를 통해 일종의 후광 같은 지혜를 얻는다. 사건이 그에게 수상쩍게 보일 때, 그는 분명한 태도를 취한다. 그는 고객에게 돈을 돌려준다.

말로에게 비서들은 이상적인 조력자, 그의 개성이 활짝 발휘되는 데 없어서는 안 될 조역이다. 그는 여비서를 정복하기 위해서가 아니라 그의 고용주를 만나는 것이 그에게는 필수적이라는 것, 그의 신뢰성과 명예와 신사로서의 평판이 문제가 된다는 것을 여비서에게 설득하기 위해 웃길 것이고 아첨할 것이며 동시에 퉁명스러울 것이고 노골적일 것이며 귀찮게 굴 것이다. 여비서가 아주 선정적으로 추파를 던질지도 모른다. 인간적인 구애는 거절하는 것이 아니다.

말로는 반동적이고 고리타분한 사람일까? 언쟁을 벌일 필요는 없을 것이다. 이것은 신경 쓸 일이 아니다. 우리의 관심을 끄는 것은 캘리포니아 돈키호테의 행보이다. 우리가 필립 말로를 좋아하는 것은 그의 자신만만한 선언들 때문이다. 그는 〈플레이백〉에서 "내가 젊었을 때에는 누구나 한 여자의 옷을 벗기기 위해 수차례 애를 써야 했지. 오늘날은 남자가 와이셔츠를 벗기도 전에 이미 여자가 침대에 눕는다네"라고 말한다. 저런! 말로는 부인들과 놀아나는 마이크 햄머가 아니다. 말로는 엄격하다. 술집의 투박한 등불이 켜질 때 어두운 구석에서 기분이 내키면 도덕주의자가 된다. "상식은 회색 양복을 입은 착실한 사람이야. 그는 결코 덧셈에 실수를 하지 않아. 단지 다음과 같은 실수, 즉 그가 더하는 것은 언제나 다른 사람의 돈이라는 점이 문제일 뿐이지." 나는 잊고 있었다. 사람들이 제기하기 즐겨하는 정치 문제들 중의 하나를 언급해야겠다. 필립 말로는 우파인가, 무정부주의자인가, 심정적인 좌파 소시민인가, 또는 반역자인가? 그는 때에 따라 다르거나 이 모두라는 것을 인정하자. 분류할 수 없는 표본, 캘리포니아 사회에서 찾아볼 수 있는 가장 비순응적이고 가장 진보적인 미국의 제도, 그가 살아가는 시대의 불의, 황금 송아지 숭배, 약간의 브레히트Brecht(소격효과를 연극으로 구현한 구동독의 극작가—역주)가 섞인 바알Baal(셈 족의 신화에 나오는 일종의 사신〔邪神〕—역주)을 가장 뚜렷이 의식하는 표본이라고 말하는 것이 더 정확할 것이다. 말로는 마음속에 매우 모난 세계관을 품었다. 어느 날 누군가가 그에게 신을 믿느냐고 물었다. 그의 대답은 다음과 같다. 사물이 정확히 현재의 모습이기를 바란 전지전능한 신이라면, 믿지 않소. 그는 돈이 인간관계를 좌우한다는 것을 알고 있다. 그는 가장 훌륭한 사람들마저 때때로 돈의 유혹을 이기지 못한다는 것을 알고 있다. 말로의 경우 성격의 바탕을 이루는 것은 그가 노동의 산물이 아니라 돈 자체, 돈을 위한 돈에 대해 느끼는 공포이다. 그는 임무를 완수하고 나서야 최종적으로 수표를 받고 싶어한다. 수사가 시작될 때에는 아메리칸 익스프레스의 수표로 5천 달러를 그의 코앞에 내밀어도 소용이 없다. 그는 수사가 완벽하게 종결될 때, 범인이 사법기관으로 넘겨질 때 수표를 받아들인다. 상당한 고지식함에 사심 없는 태도가 뒤섞여 있다. 말로는 약간 극단적인 인물일까? 그는 애착을 버리는 데에서 은밀한 기쁨을 느끼는 것일까? 자기 영혼의 깊이를 헤아려보고 자기 자신을 느끼려는 미행의 이그나티우스 데 로욜라Ignatius de Loyola(1491~1556, 스페인의 군인, 성직자, 예수회의 창립자—역주) 같은 사람일까? 그렇다. 말로의 수사는 그에게 치료술, 푸닥거리, 바빌론에서의 모래찜질이다.

〈플레이 백〉에서 말로는 할리우드적인 것이 전혀 없는 원칙을 내세우면서 베티에게 이렇게 말한다. "내가 당신과 잠자리를 함께하는 날, 당신은 더 이상 내 고객이 아닐 것이오." 말로는 신화상의 동물, 길을 잃은 일각수, 가치 체계가 다른 사회에 특파된 고대의 신이라고 인정할 수 있다. 그렇다면 구식의 인물 아닌가? 유행에서 벗어난 것을 영예로 여기면서 그것에 애착을 갖는 만큼 그렇기는 하다.

고독

여보게 필립, 원칙에 충실하면, 원칙으로 인해 고독해지는 법이네. 자유롭게 선택한 고독일 테지만 말일세. "내가 어디로 가든, 내가 무엇을 하든, 내가 돌아와 다시 발견하는 것은 바로 장식 없는 벽, 영혼 없는 방, 영혼 없는 집이다." 커다란 소란, 사치, 때묻지 않은 수영장 주변에 세워져 있는 완전무결한 파라솔, 나무랄 데 없이 잘 다듬어지고 찬란할 정도로 몸매의 균형이 잡혀 있는 젊은 여자들, 헤아릴 수 없으리만큼 값비싼 입술, 터무니없이 비싼 향수, 화장수 냄새를 풍기는 남자들, 번쩍거리는 나이트클럽, '퀸 메리' 호처럼 기다란 고급 승용차들, 눈을 부시게 하는 간판들, 새하얀 치아들, 위협적이거나 생기에 넘치는 목소리들이 지나고 나면, 여러 가지 이유로 감미로운 순간들이 지나고 나면 자신의 작은 방, 자신의 동굴, 자신의 먼지 긴 둥지를 다시 찾아야 한다. 아주 대조적인 이 두 면모에는 가장 강인한 성격의 인물을 불안정한 상태로 몰아넣는 어떤 것이 있다. 말로는 약간 처량하게 이것이 사실이라는 것을 확인한다. 좋아, 린다 로링Linda Loring은 허세를 부리고 지독하게 수다를 떨면서 부를 자랑할 거야. 린다의 머릿속에 박힌 고정관념, 깨끗하고 사심 없는 유일한 남자, 그는 말로니까. 게다가 좋은 연인이니까. "나와 결혼하고 싶으세요?" 하고 그녀가 그에게 말한다. 〈푸들 스프링 이야기〉와 함께 신화는 끝나고 경력은 도중에 중단되며 이상은 증발한다. 그의 창조자가 죽었으며, 광신자처럼 뻔뻔스럽고 그럼에도 불구하고 뛰어난 문장가인 또 다른 소설가가 후속편을 상상하고 말로의 분신을 찾으려고 하는데도, 우리는 말로를 뒤쫓을 것인가? 학생은 자기 선생의 마음에 들고자 하는 법이다. 필립이라는 이 위대한 금욕주의자는 금빛의 새장 안에서 스스로 만족할 것인가? 처음 몇 달은 언제나 목가적이다. 그가 익숙해지지 않았던 편안한 날들이 올수록 점차로 말로는 가난하다는 것, 목에 끈이 묶인 채 사라진 개라는 것이 드러난다. 그는 할 일 없는 사설탐정으로,

어떻게 시간을 때울 것인지를 모를 뿐만 아니라 풍성하게 넘쳐나는 그 돈 전부로 무엇을 할 것인지도 모르는 무위도식자로 변모한다. 성격은 여간해서는 고쳐지지 않는다. 그런 법이다. 왜 린다는 발톱을 손질할까? 말로가 오른손 집게손가락을 가볍게 깨물면서 자문한다. 왜 그녀는 대단히 멋지긴 하지만 허술한 집을 극구 칭송했을까? 말로는 고개를 숙이고 머릿속으로 재빨리 계산을 한다. 한 달을 4주로 치고 최상의 경우에 나는 한 달에 2천 달러를 번다. 어떤 달에는 한푼도 벌지 못했다. 그리고 나는 부양받는 남편이 되고 싶지 않다. 그가 다시 고개를 들고 린다에게 미소를 보내며 잭 레먼Jack Lemmon 식의 태도를 보인다. 그는 이를테면 자신의 뜻과는 반대로 상류사회에, 지방 부르주아지에 통합된다.

　　말로에게 전쟁의 활력소는 돈이 아니라 행동이다. 행동! 동인動因! 갈등, 대결, 열정적인 사색을 향해 앞으로. 그는 불의 세례를 필요로 한다. 그는 술책에 관여하는 것, 범죄자들의 동향을 알아보는 것이 필요하다. 그는 열의에 넘치는 사람이다. 사소한 일에도 트집을 잡는 그의 정신은 반드시 전속력으로 작동할 것이다. 치고받기는 완벽한 탐정의 필요조건이다. 그는 "필, 이 친구야, 유감이군, 자네가 약해지다니"라고 혼잣말을 하게 되는 것이나, "오늘의 말로는 위대한 필, 〈긴 이별The Long Goodbye(Sur un air de Navaha)〉의 잊을 수 없는 배우, 엄청난 말로의 펀치를 더 이상 구경할 수 없다"고들 속삭이는 것을 참지 못할 것이다. 그는 자신이 무엇을 할 수 있는지 알고 있다. 그는 자신의 한계를 익히 잘 알고 있다. 그는 정확하게 사격하고 약속을 지키며 그다지 추천할 만하지 않는 구역들을 드나들 줄 안다. 그는 자신이 추구하는 일에 대해 온전히 책임을 떠맡는다. 살아 있는 동안 푸들 스프링과 결혼한 그에게는 꼬치꼬치 캐고 무언가에 이목을 집중시켜 그것을 사건화하며 일을 찾아내는 것이 필요하다(그는 일을 만들어내기까지 할 것이다). 그는 명성이 자자한 사설탐정에서 보잘것없는 실패한 사설탐정으로 변하게 된다. 그는 한푼 없는 낙오자로 전락하게 된다. 훌륭한 공화국에서 빈털터리는 필연적으로 가련한 놈이다. 그러나 불쌍한 놈일지라도 무엇을 할 것인가를 스스로 결정하면서 자기가 자신의 주인일 때부터는 더 이상 불쌍한 놈이 아니다. 어떤 것도 그를 뒤흔들 수는 없을 것이다. 누구도 그를 마음대로 부릴 기회가 있으리라고 생각해서는 안 된다. 어떤 것도 그에게서 벗어날 수 없다. 그는 눈이 있고 근육이 있다. 그는 신중함을 보일 줄 안다. 그는 미래의 전망 없는 무일푼의 사무라이이다. 그는 특별한 자격증이 없는 사람이다. 다만 개인적인 규칙을 스스로 지킬 따름이다. 이것이 그의 유일한 긍지이다. 그는 자신이 단지 범죄자를 입 다물게 할 우아한 문장을 한 방 먹이기만 해도 범죄자를 제자리에 돌려놓을 수 있다고 생각한다.

　　말로는 42세에 혼자 술을 마시면서 자신이 조사하고 있는 사건을 오랫동안 반추해본다. 그의 자산? 어깨 끈에 찬 그의 38구경 권총. 그의 천재성? 사람을 빨아들이는 듯한 그의 시선. 경찰과의 관계? 소란스럽다. 서로 허풍 친다. 경찰이 그를 감옥에 처넣는다. 그는 저항하지 않는다. 순종적이고 동시에 반항적이다. 그는 어떤 경우라도 스스로 책임지고 싶어 한다. 로저 마틴의 재치 있는 표현을 빌리자면 그는 "철학자 사설탐정"이다. 탐정의 무리에서 말로는 귀족적인 태도, 그의 매력과 그의 특이성을 이루는 우아한 기품이 있는 유일한 사람이다. 그는 사설탐정들의 간디이다(염소젖에 관해서만은 예외이다. 말로는 버번 위스키나 위스키-소다를 한 잔 가득 마시기를 좋아한다). 특별한 징후는 그가 새로운 음악에 흥미를 갖지 않는다는 점이다. "나는 카차투리안이 트랙터 공장에서 일하는 소리에 귀를 기울이면서 내 방을 성큼성큼 왔다 갔다 하고 있었다. 그는 이 소리를 바이올린 협주곡이라 했다. 나에게는 이 소리가 뜯어진 동력 전달 벨트였다. 이러한 종류의 음악에 진절머리가 난다"는 구절을 〈긴 이별〉에서 읽어볼 수 있다. 내 말 이해하겠지요. 말로는 신속한 판단에 능하다.

탐정의 하루는 짜릿한 맛이 없지 않다. 때맞추어 행운이 다가오거나 하루 종일 운이 없을 수 있다. 심지어는 일거리가 전혀 없을 수도 있다. 그런 하루는 "우리 속의 곰들을 제외하고는" 누구나 어딘가 정상이 아니다. 그런 날은 "부랑자들이 청량음료에 취하고 다람쥐들이 헤이즐넛을 더 이상 찾아내지 못하며 기계 공들이 모든 나사를 분실한다." 말로는 예외적인 경우이다. 그는 진정한 괴짜이다. 이 고독한 늑대는 비범한 통찰력 때문에 선천적으로 환멸을 느끼는 사람이다. 그는 꼬치꼬치 캐지 않을 때면 어떤 대단한 것에도 끌리지 않는다. 그에게 가장 잘 어울릴 좌우명은 어떤 것도 집착할 만한 가치가 없다는 것이 아니겠는가. 사건이 그를 흥분시키자마자, 그는 대뜸 움직이기 시작한다.

말로는 다소간 우리의 잠재의식이다. 자신이 몹시 좋아하는 것 중에는 "몇 가지 다른 하찮은 것"도 있다고 그는 말한다. 이 다른 하찮은 것들이 무엇인지는 누구도 모를 것이다. "나는 산타 로자에서 태어난 지방 출신자이다. 내 양친은 돌아가셨다. 난 형제도 자매도 없다"고 그는 독백한다. 이것은 간결하다. 말로는 또한 동인의 중심 자체를 소홀히 하지 않는 자신의 가차 없는 논리에 지친 나머지 다른 사람들을 성가시게 하기도 한다. 말로는 알쏭달쏭한 대답을 너무 많이 내뱉기 때문에 진력나게 할지도 모른다. 그는 압박감을 주는 탐정, 두 눈에 불을 켜고 심문을 계속할 준비가 되어 있는 탐정과는 전혀 다르다. 그는 방벽의 다른 쪽에 위치하지 않는다. 그는 대개의 경우 드라마의 주역, 예측할 수 없는 배우, 프로그램에 언급되어 있지 않은 배우이다. 그렇지만 절망에 이를 정도로 충실하고, 부자들의 세계에서 돌아다닐 때에는 벌리기 힘든 조개 껍데기처럼 단호하다. 그는 불운에 처한 사람들을 위해 자발적인 이타심을 발휘한다. 그는 자신의 대화 상대나 고객과 곧잘 장단을 맞출 줄 안다.

〈긴 이별〉에서 말로는 처음으로 자신의 명예 규범을 어긴다. 몇몇 여자 고객을 껴안는 것(입맞춤하는 것)은 허용된 한계를 넘어선 일이 아니다. 이번에는 말로가 린다 로링과 동침한다. 그녀는 아직 그에게 반하지 않았다. 방랑 기사 말로는 자신의 고객을 실망시키지 않기 위해 최선을 다한다. 그는 감춰진 진실을 드러내고자 하며, 가혹한 타격을 피하면서 진실을 추적함으로써 진실의 파손을 가능한 한 줄이고 싶어 한다. 가장 믿기지 않고 가장 불분명하며 가장 상궤를 벗어난 사건들의 경우에 그는 '이유를 따지기 전에' 매우 진지하게 접근한다. 누군가가 그에게 가장 얄궂은 사건을 해결하라고 흔쾌히 내미는 돈에 그는 침을 뱉지 않는다. 심지어는 보수를 받을 생각도 없이 명예를 위해 일하는 경우도 있다. 윤리와 성실성이 그의 정신적 부이다. 그의 이름난 명예가 약간 손상되는 일은 단 한 번 일어난다. 그는 끈기가 있다. 그는 혼란한 상황에서 헤쳐나갈 줄 안다. 그는 사정에 밝고 로스앤젤레스의 곳곳을 알고 있다. 이 도시에 관해 그는 어느 정도 지식도 있다. 이 도시의 구역들에 관한 한 그는 모르는 것이 없다. 그는 이 구역들의 인간미를 존중한다. 게다가 그의 사무실은 서쪽 바인 권역의 선셋 이바에 위치해 있다. 그곳은 이리저리 돌아다녀야 할 사설탐정에 걸맞는 사무실이라기보다는 오히려 수도원의 외딴 방과 유사하다. 탁자 하나, 전화 한 대, 세면대 하나. 서류 정리함 다섯 개 중에서 세 개는 비어 있다. 멋지다! '굉장하다!' 〈이름 없는 자〉의 집처럼 책 한 권도, 모서리 접힌 〈펄프〉도 없다. 말로는 문서의 인간이 아니다. 그의 자료 카드는 그의 두뇌 세포들이다. 말로 또는 정보情報의 그리오griot(아프리카의 전통적인 구송口誦 시인―역주). 그는 이마에 집게손가락을 댄 채 심사숙고하지 않고 곧장 단언할 능력이 있다. 모든 것은 머릿속에서 꼬리표가 붙어 정연하게 분류되어 있다. 그의 사무실 벽에는 달력 하나와 렘브란트 그림의 복제품, 어두운 색조의 자화상 하나가 걸려 있다. 렘브란트는 늙어가면서도 자기만족에 빠지지 않았다. 그는 술 때문에 부은, 그렇지만 생동감 넘치는 자신의 얼굴을 그렸다. 만일 말로가 늙도록 살아남는다면, 이 그림은 늙은 말로의 전조일지 모른다(말로/렘브란트, 얼마나 멋진 만남인가!). 어쨌든 필립은 지금 체스판 위에서 졸을 옮긴다. 말로는 비순응주의자, 반항자이다. 인간은 더 나아질 수 없다는 것을 그는 아주 젊은 시절부터 잘 이해했다.

자유 전자

말로에게는 정치가의 기질이 없다. 그의 개성, 신화, 영향력, 무감각으로 보아 그는 자기 주위에 사람들을 모을 수 없는 인물이다. 좌파도 우파도 그에게는 호의적이다. 그는 이전투구에 초연하다. 누구도 어찌해볼 수 없는 말로! 그는 자신의 동류에 대해 대부분이 돼지라는 결정적인 견해를 지니고 있다. 이 부드러운 감성의 소유자, 비관주의의 포엽苞葉을 하나씩 떼내는 이 아티초크artichoke(말로에 대한 은유이다. coeur d'artichaut는 잎사귀 속의 말랑말랑한 부분, 바람기를 뜻하다—역주)는 우리 사회가 그다지 살 만한 곳이 아니라는 것을 암시한다. 말로는 나름대로 코카서스 산맥의 백악

질 원圓(cercle de craie caucasien, 브레히트의 희곡 작품명이기도 하다—역주) 안에 있다. 이는 활동가인 그의 말, 담론, 속보速步와 그가 사정을 잘 알고 끼어드는 사건 사이에 거리가 있기 때문이다. 그는 상황을 빈정대면서 인정한다. 이 사실 때문에 그가 심문하는 사람은 당황하게 된다. 그는 서서히 중요성을 띠게 되는 특별한 단역의 역할을 한다.

어떤 상황에서건, 그가 다루는 사람이 어떤 인물이건, 말로는 입가에 미소를 머금고 당당하게 나아간다. 그의 적수가 유리한 조건을 너무 멀리 밀고 나가려고 발버둥칠 경우에는 상당량의 빈정거림을 냉장고에 비축한다. 그리고 존중할 만한 사람은 존중하며 직급, 신분, 지위는 공개적으로 조롱한다. 그는 거침없이 말한다. 그는 장애물을 뛰어넘어 문제의 핵심을 찌른다. 그는 두엄을 장미 침대로 변화시키기를 갈망하지 않는다. 그는 대차대조표의 인간이다. 어떤 때는 상승세에 놓이고 또 어떤 때는 하락세를 보인다. 그는 미묘한 문제를 뻔뻔한 얼굴로 무신경하게 말하거나 긁어 부스럼 만드는 여자들을 좋아한다. 이러한 여자들은 홧김에 실망시키기 잘하고 욕설을 퍼붓기 일쑤이다. 그녀들은 착각하지 않고, 외모—버지니아 울프가 소중히 여긴 그 유명한 외모 훑어보기—에 속지 않고 남자를 5분 만에 판단하고 평가한다. 그녀들이 보기에 지독한 멍청이는 저능의 지수에 따라 분류되는 지독한 멍청이일 뿐이다.

말로는 결코 자연보호론자가 아니다. 그는 아마 이 용어를 배척했을 것이다. 그럼에도 불구하고 사설탐정의 연대기에서는 유례가 없는 특성, 곧 매우 아름다운 화단 앞에서 곰곰이 생각하고 감동할 수 있는 특별한 감성이 있다. 그는 하얀 자카란다 또는 아카시아 꽃의 향기를 깊이 들이마실 줄 안다. 이것은 네로 울프Nero Wlfe와의 유일한 공통점이다. 다만 네로 울프는 웬만하면 난초 꽃들 속으로 코를 쑤셔 넣을 것이고, 말로는 온실에 여러 시간 틀어박힐 생각이 전혀 없을 것이다. 말로에게 온실은 그가 움직이는 세계, 개성 없는 인물로 가득찬 캘리포니아 온실이다. 그는 다음과 같이 말하게 된다. "나는 최대의 문명화 단계에 도달했다."

요약하자. 단념의 시기에 목가적이게 되는 말로는 자신이 스치게 되는 것 때문에 불안정한 상황에 처한다. 말로가 보기에 한 개인에게 충분한 시간을 할애해서 그에 관해 세부 사항을 수정하고 어떤 인상을 바로잡는 것은 가치가 있는 일이다. 인간 말로의 특성. 그는 어떠한 사회 환경의 출신도 아니고 직업에 어울리는 용모를 하고 있지도 않으며 직업에 어울리는 언어를 구사하지도 않는다. 그는 다른 곳에서 온 사람, 유토피아의 인간이다(오! 친애하는 스펜서 트레이시Spencer Tracy여!). 그는 사회에 대해 통합하기 불가능한 거리를 유지한다. 그는 언제나 벽 위에 있다. 그는 미행 중에 길을 잃은 사회 부적응자, 낡은 의상을 갖춰 입은 극빈자, 상자에서 나온 악마이다. 그는 사교계를 좋아하지 않는 사람이지만 끊임없이 사교계의 사건들을 조사한다. 할리우드는 하나

의 식인귀, 콧수염을 뽑지 않도록 조심해야 하는 골드윈Goldwyn
의 사자이다.

로버트 B. 파커Robert B. Parker의 〈말로 입주하다Marlowe
emménage〉에서 말로는 다음과 같이 밝힌다. "나의 활동 영역에
서는 조용한 동네에 거주하는 상류층의 잘 자란 녀석들, 예의 바
른 녀석들과 만날 일이 없다." 그는 할리우드가 정말로 '실낙원'
인지를 검증하고 싶어 한다. 그는 대단히 훌륭한 정원들이 있어
덜 야만적인 어떤 세계에서 일하고 이리저리 날아다니는 새들을
눈으로 뒤쫓으며 금발의 순진한 젊은 여자들과 공놀이를 하고 다
자란 소년이 되기를 더 좋아했을지 모른다. 말로의 문제는 그가
너무 빨리 성장했다는 데 있다. 점잔 빼는 태도 때문에 그는 재미
없는 성인들 사이에서 길을 잘못 들어선 듯하다. 망셰트는 말로
를 "가증스러운 지배 질서의 세계에 분개하는 의식"으로 규정한
다. 정말 그렇다. 말로는 이론가가 아니라 세계의 주변부에서 거
니는 남자다운 남자이다.

말로는 앞에 나서지 않는 사람이다. 그는 자신의 고객이
모든 의혹에서 자유로운지를 알려고 하지 않는다. 그와 자주 만
날수록, 불의 속에서 고전하는 이 사람이 얼마나 오염되지 않았
는지를 더 잘 납득하게 된다. 실제로 그는 세계를 개혁하기 위해
해야 할 것에 관해 아무런 견해가 없다. "세계의 개혁은 그의 일
이 아니다"라고 누구나 말하게 된다. 정확한 말이다. 말로는 사설
탐정이다. 그는 면밀히 조사하는 일을 맡는다. 그는 자신의 일에

관해 더 많이 알고자 한다. 마르크스를 읽는다면 오히려 일에 방해가 될 것이다. 자유주의 사회? 아마 그의 취향에는 자유주의 사회가 가장 잘 맞을 것이다. 그는 자유주의 사회의 속박을 헤아려본다. 그를 강하게 만드는 것은 그의 의지력뿐만이 아니라 특히 그의 타고난 무관심, 그의 화성적火星的인 측면이다. 이러한 측면은 아무리 강조해도 지나치지 않을 것이다. 이러한 측면 덕분에 그는 지상의 이상향, 가식, 무익한 갈등에 말려들지 않는다. 이 녀석의 기분을 상하게 하기는 쉽다. 사건들 때문에 그는 자신의 책략들 가운데 하나를 자기 자신에게 써먹기도 한다. 그는 이해하기 어려운 혼미 상태를 해결하기 위해 스스로 진솔함의 막대한 보고를 소비하는 것이다. 그는 활동에 온힘을 쏟아붓는다. 독자인 우리는 그의 이러한 모습을 보면서 때때로 빈정거리는 미소를 짓지 않게 된다. 어떤 사교란에건 기록해둘 만한 그 사건들은 관심을 끌 만한 가치가 있는 것일까? 그럴 수가! 먹고살기 위해서는 어쩔 수 없다. 말로는 자신이 사회의 모든 층위에 놓일 수 있다는 것을 증명하기 위해 상스러운 언행조차 서슴없이 내보인다. 버릇없는 놈. 이것은 시간이 흘러감에 따라 누구나 갖게 되는 생각이다. 이것은 특별한 상황에서 당신에게 유용할 수 있다. 말로가 발톱을 세운다. 그렇지만 다이너마이트 향수를 쓰는 호랑이와는 다르다. 그는 제일 먼저 온 탐정이 아니라는 것을 인정받고 싶어 한다. 그에 의해 언어는 무시무시한 첨병이 되었다. 그는 자신이 다른 사람들보다 더 영리하다는 것을 꼭 확인하고 싶어 한다. 그는 굳은 신의를 지니고 있다. 무슨 일이 있어도 그는 친구를 배반하지 않을 것이다. 오랜 경험에도 불구하고 그는 쉽게 타성에 젖지 않는다. 말로를 샘 스페이드, 심지어 루 아처Lew Archer와 비교할 때, 말로는 사설탐정들을 연속 공정으로 만들어 내고 취조의 커다란 모자를 제작하는 특권층에 속하지 않는다는 것을 누구나 재빨리 알아차릴 수 있다. 말로에게 얼굴을 부여하고 그럼으로써 말로를 전설로 만드는 일은 영화가 맡고 있다. 말로에 대한 영화화 작업은 아직 끝나지 않았다. 배역을 연기하지 않았지만 체격, 태도, 제어된 일탈의 능숙한 솜씨를 지닌 배우는 우리가 알다시피 케리 그랜트이다. 영화를 보고 꿈에 빠져드는 모든 이에게는 유감스럽지만 할 수 없다. 적어도 몇몇 짧은 대목에서, 그 유명한 일탈 장면들에서 말로가 담길 수 있었을 괴상망측한 영화 〈비소와 낡은 레이스Arsenic et vieilles dentelles〉의 케리 그랜트만이 그럭저럭 말로에게 들어맞을 수 있다.

　　좀 더 멀리 나아가자. 말로를 하층민, 한푼 없는 가난뱅이들의 옹호자로 만들지 말자. 운명적으로 가난한 말로는 부자들, 지독하게 갈취하는 벼락부자들, 돈 쓰기 좋아하는 못된 불한당들, 오픈카인 크라이슬러 또는 쿠페 패커드(뒤가 깎인 듯한 모양을 한 투 도어의 자동차이다—역주)로 달리는 기생충 같은 존재들이 그에게 버리는 음식 쓰레기로 만족한다. 교란攪亂 미생물인 그는 요인들의 앞뜰에서 까다로운 문자 수수께끼를 푸는 시간을 무릅쓴다. 그가 냄새를 맡는 상류사회의 명사, 부패한 명사는 자기 삶의 다른 어떤 시기에도 행사할 수 없는 권한을 지니고 있다. 여러 차례의 살인이 가미된 비극적인 이야기의 뒤얽힌 실들이 풀리면, 말로는 가혹한 불운에 시달리는 익명의 사람들 속으로 사라진다. 부자들 사이에서의 사설탐정(그래도 사제보다는 낫다).

우연히 그와 마주치게 되는 여자들은 허풍 떨고 태평하며 변칙적인 면에 끌려 십중팔구 그의 품에 안길 것이다. 여자들이 이제는 요새가 아닐 것이다. 그렇지만 가까이 다가가서 말을 걸기가 그다지 쉽지 않은 이 전직 경찰은 도중에 환상을 버렸다. 말로는 범죄의 거물들과 항상 풍채가 좋은 사람들을 자주 만나는 탓으로 결국에는 동일한 유형의 꼴불견으로 취급당한다. 어느 날 누군가가 그에게 다음과 같이 말한다. "말로 씨, 알다시피 나는 당신에 대해 호감을 느끼고 있소. 당신은 나처럼…… 얼간이요." 〈긴 이별〉에서 그와 테리 레녹스Terry Lennox의 관계는 더욱 의외이다. 그들 사이에는 묵인, 말 없는 공모, 첫눈에 설명할 수 없는 합의가 있다. 확실히 테리는 모양새가 나쁜 필립이다. 말로는 웬만큼 넉넉하게 살아남았을 레녹스이다. 말로가 자신의 생애에서 처음으로 자신의 음화陰畵와 마주친다. 필립과 테리는 동전의 양면이다. 말로는 자신이 레녹스와는 다른 상황에서 다른 요정들이 요람을 굽어보는 가운데 태어났지만 레녹스처럼 죽을 수 있었으리라는 것을 알고 있다(이 인물을 창조하는 데 소용된 모델이 왜 존 길버트이지 않겠는가?). 굳건한 우정이 테리와 필립 사이에 맺어진다. 여러 가지 면에서 남성우월주의자인 그가 여성과 맺는 관계는 날씨에 따라 변한다. 그가 만나게 되는 것은 허영에 사로잡힌 여자들이다. 그녀들은 사회적으로 인정받기를 갈망한다. 사회적 인정은 말로와 무관한 영역이다. 온갖 연령층의 여자들은 색정이 과다하고 약간 미쳤을 뿐만 아니라 불결하며 타락한 존재이다. 그렇지만 말로는 이런 여자들을 다룰 줄 안다. 캐딜락, 링컨 콘티넨털, 머큐리 등 그녀들의 커다란 자동차, 차 주인의 사회적 지위를 상징하는 것으로 여겨지는 이 사치스러운 철물 전체가 말로에게는 아주 깨끗한 정어리 한 상자보다 못한 것이다. 그가 소유하고 있는 작은 쿠페 올즈모빌로 말하자면, 그것은 달리면서 지나가는 진실의 순간들이다. 그는 자신의 전언을 전하기 위해 단조로운 어조를 구사한다. 그는 〈노크Knock〉의 주베Jouvet를 연상시키는 이러한 어조를 구사함으로써 빈정거릴 수 있다.

타고난 초연함

여덟 편의 소설에 등장하는 그는 경솔하고 빈정거리기 좋아해서 아무렇게나 사건을 맡는 듯하며, 다른 사람들에게도 그렇게 하도록 설득하기를 즐긴다. 아마 세계가 파멸로 치닫는다고 확신하기 때문일 것이다. 그는 세계의 파멸을 간파할 뿐더러 세계의 파멸에 대해 내밀한 확신을 지니고 있다. 그렇다면 세계를 터무니없이 대단하게 여기는 것은 무슨 소용이 있겠는가? 낭만적인 탐미주의자들만큼 탐정소설 독자들이 말로를 마음에 들어하는 이유는 말로가 순수한 상상의 산물이기 때문이다. 현실에는 그의 모델이 없다. 정말로 실재했을 인물을 본떠서 그를 창조한 것은 아니다. 그는 순수한 꿈이다. 그에게 온갖 얼굴이 부여되는 이유들 중의 하나가 바로 여기에 있다. 그는 결코 구름보다 무게가 더 나가지 않는다. 이번에야말로 털어놓자. 그가 실행하는 수사들을 그는 별로 아랑곳하지 않는다. 그를 부추기는 것은 중요한 사건이 그토록 부재하는 일상생활에서 멋진 괴물들과 마주치고자 하는 욕구이다. 그토록 자주 이야기된 말로의 엄격한 도덕 배후에는 감히 무엇이라고 딱 부러지게 말하기 어려운 자부심, 그 자체 이외의 다른 대상이 없으며 어떤 것에도 근거하지 않는 자부심이 감춰져 있다.

그가 유지하는 정신의 독립성은 아무리 강조해도 충분하지 않을 것이다. 히말라야 산맥의 산봉우리들에 도달했다고나 할까. 그가 하고 싶어 하는 것에 의해서보다는 그가 하고 싶어 하지 않는 것에 의해 그는 더 잘, 더 정확하게 규정된다. 그는 언제나 환멸을 느낀다. 어떤 증인과 맞서야 할 때에는 이미 환멸을 느낀 상태이다. 그는 이러한 의견 교환에서 아무런 것도 기대하지 않는다. 별스런 것을 기대하지도 않는다. 그는 정직하고 청렴한 사설탐정의 모습을 잃지 않기 위해 무지막지한 희생을 치를 각오가 되어 있다. 심지어는 아주 적은 보수를 받을 마음의 준비가 되어 있다. 경찰 앞에서 말로는 늙은 청교도의 당황하는 태도를 취한다. 반대로 어떤 긴급한 정보를 필요로 할 때에는 그의 태도가 완전히 바뀐다. 그는 경찰의 호주머니에 지폐를 슬그머니 집어넣을 줄 안다. 망설이는 순진한 사람에게도 그는 서슴없이 또 다른 지폐를 내민다. 필요하다면 세 번째로 지폐를 내밀 것이다. 자신에게는 인색한 말로가 다른 사람들에게는 돈을 헤프게 쓰는 편이다.

말로는 기발한 장치, 여행, 사치스럽지 않은 제임스 본드이다. 미행의 장인이다. 그는 운동을 좋아하지 않는다. 강한 체력을 단련한 것도 아니다. 그는 훈련이 매우 부족하기 때문에 곡예사와는 정반대이다. 말로는 집에서 한가로이 지내면서 루나 파크 Luna Park 같은 곳을 배회하기 좋아하는 사람이다. 그는 약간 거드름 피우는 허무주의자이다. 만일 정부에 발언부가 있다면, 그는 그러한 부처에서 근무할 수 있을 것이다. 그는 떠버리이자 따지기 좋아하는 사람이다. 말로는 옷을 잘 입을 뿐만 아니라 공들여 차려입고 나다니는 마지막 탐정이다. 그는 운동복을 좋아하는 스펜서 같은 단벌 신사와는 전혀 다르다. 구겨진 버버리를 걸친 콜롬보 같은 사람의 복장으로 사람들 앞에 모습을 보이는 말로는 상상할 수조차 없을 것이다. 말로는 다른 사람들이 안심하도록 자신의 용모를 단정하게 가꾼다. 그는 탐정이란 모름지기 그래야 한다고 생각하기 때문에, 세수하고 막 면도한 얼굴에 약간 옆으로 가르마를 타서 머리를 빗고 모자를 살짝 기울어지게 쓴 말쑥한 모습으로 나타난다.

후예

얼마나 많은 독자들이 영화를 보지 않고서도 말로에 대한 다채로운 관념을 갖게 될까? 예민한 독자는 가장 수수께끼 같은 탐정에 관해 어떤 몽타주를 그릴까? 셜록 홈스Sherlock Holmes나 에르퀼 푸와로Hercule Poirot와는 반대로 말로는 캐리커처에 절대로 적합하지 않다. 로스앤젤레스가 수많은 등불로 반짝일 때, 말로는 손에 담배를 들고 자기 사무실의 창가에 기대어 세상을 물끄러미 바라본다. 불빛 뒤의 삶으로는 결코 이르지 않을 삶에서 그토록 멀리 떨어진 삶의 허무를 응시한다. 그는 영웅일까, 반영웅일까? 영웅도 반영웅도 아니다. 우리가 보기에는 심지어 전설도 아니다. 그에게서는 그다지 진지하지 않은 태도가 엿보인다. 이로 말미암아 그토록 많은 배우가 모호한 영역에서 솟아난 이 인물에게 각자 하나의 얼굴, 하나의 기품을 부여할 수 있었다.

뜻밖의 난처한 일, 그는 이런 일을 맡는다. 미국 문학의 다른 모든 탐정처럼 말로도 신경이 철근 콘크리트처럼 아주 견고하다. 그는 자주 드나들어야 할 사회에서, 커다란 상어들 사이의 작은 물고기처럼, 때로는 거대한 배후 조직을 파괴하는 데 앞장서는 물고기처럼 영원히 불균형 상태에 놓여 있다. 그는 자신의 윤리와 행동인으로서의 현실감각 사이에 갇혀 있다. 때때로 그는 결국 히스테리 증세를 드러내기도 한다. 이 증세는 대개의 경우 황당한 행동으로 표출된다.

말로는 클리브 F. 애덤스Cleve F. Adams에 의해 창안된 렉스 맥브라이드Rex McBride라는 대단히 다혈질적인 인물과도, 샘 스페이드와도 아무런 공통점이 없다. 베이드 밀러Vade Miller의 맥스 서스데이Max Thursday는 말할 것도 없이 해럴드 Q. 마주어Harold Q. Masur에 의해 구상된 스콧 조던Scott Jordan 같은 인물이나 조나단 라티머Jonathan Latimer 은하계에서 온 빌 크레인Bill Crane 또는 프랭크 케인Frank Kane에 의해 창조된 조니 리델Johnny Liddel, 헨리 케인Henry Kane의 악마 같은 피터 챔버스Peter Chambers나 리처드 S. 프래더Richard S. Prather의 펄펄 나는 셸 스콧Shell Scott 또는 존 D. 맥도날드John D. MacDonald의 소설에서 건강에 관해 학자연하는 트래비스 맥기Travis McGee와도 관계가 멀다. 말로는 이러한 목석같은 인물들에서 벗어나 레이 밀랜드Ray Milland, 웨슬리 러글스Wesley Ruggles의 〈길디드 릴리 Gilded Lily(Aller et retour)〉(1935)에 나오는 레이 밀랜드 같은 인물의 그다지 진지하지 않은 태도로 더 쉽게 기울어질 듯하다. 게다가 말로가 자신의 직업을 알릴 때 어떤 사람들은 그에 대해 불신감을 드러낼 것이 뻔하다.

매우 중요한 한 가지 사항으로 넘어가자. 말로가 등장하는 영화를 하나도 보지 않은 독자는 이 인물과 관련하여, 그에게 명성을 가져다준 갖가지 해석과 별로 상응하지 않을 관념을 품을 것이다. 독자가 탐정과 변호사를 정말로 구별할까? 이 두 직업의 경계가 적어도 미국에서나 미국의 추리소설에서는 언제나 분명하게 가시적으로 확정되어 있지 않다. 말로는 신체적으로 위험한 짓을 감행하는 듯하다. 리볼버 권총을 겨누고 벽을 따라 교묘하게 스며든다고 추정된다. 말로는 또한 말에 나름대로 근거를 제시하는 사람이다. 이 점에 대해 나는 여러분에게 맹세할 수 있다. 하나의 협정. 물론 그는 자신이 원하든 원하지 않든 협상하지 않을 수 없는 불한당들로부터 멸시를 받는다. 모욕을 감수하면 장腸이 튼튼해진다.

　　　말로의 독자들로부터 말로가 얻는 국제적인 명성은 그가 힘을 입증해서 생겨난 것이 아니라 오히려 그의 약점들에서 기인한다. 그는 늪에서 고전하고, 격렬한 흐름 속에서 헤엄치며, 아마 미숙하기 때문일 테지만 서투른 짓으로 인해 상처를 입을 뿐만 아니라 다른 사람들 때문에도 상처를 입는다. 그는 경찰에게 거칠게 다뤄지고 간섭과 충격을 받으며 임의로 제지당한다. 그는 속임을 당하고 내쫓기며 멸시받는다. 그는 도움을 요청받고 유혹당하며 요술에 걸린다. 그러나 상황이 어떠하건 말로는 품위와 자존심을 잃지 않을 뿐더러 상황 때문에 일시적으로 요구될 때에는 시의적절하게 손을 떼는 수완도 있다. 그는 악사, 콘트라베이스 연주자의 직관을 지니고 있다. 그는 농락당한 신조, 우스꽝스러운 술책의 완벽한 반주자이다.

　　　드니 드 루주몽Denis de Rougemont은 신화에 대해 "다소 유사한 수많은 상황을 요약하는 단순하고 인상적인 이야기, 상징

적 우화"라고 말한다. 그의 말을 좀더 들어보자. "더 좁은 의미에
서는 어떤 사회 또는 종교 집단의 행동 규칙이 신화들로 표출된
다. 신화는 저자가 없다." 낳아준 사람이 있음에도 불구하고, 낳
아준 사람과 신화가 섞이는 예외적인 상황에도 불구하고, 경우에
따라서 말로는 신화라고 인정할 수 있다. 실제로 말로는 무수한
유사 상황의 축도이다. 말로의 행동 규칙에 의해 신화가 자라난
다. 말로는 자신의 행동 규칙을 공무원처럼 엄격하게 실천에 옮
긴다. 극단적인 경우에 신화는 본보기의 구실을 할 수 있다. 말로
의 정직성은 이점이라기보다는 오히려 불리한 조건으로 보인다.
그는 자기보다 더 강한 자에게 달려들기도 하고 실수를 저지르기
도 한다(사설탐정이라고 해서 배우지 않고도 다 알 수는 없다. 사설탐정은 슈퍼
맨이 아니다. 이를 빌 프론치니Bill Pronzini는 완벽하게 이해했다).

　　말로는 또한 여분의 몇 킬로그램이 있다. 그에게는 카리스
마가 있다. 그가 선택한 직업과 관련된 부인할 수 없는 지적 능력
이 있다. 이것이 여분의 몇 킬로그램을 잊게 만든다. 몇몇 상황에
서 그는 가차 없는 태도를 드러낼 줄 안다. 그는 그렇게 많은 더러
운 것에 집게손가락을 담갔다. 그는 그렇게 많은 추잡한 것, 정신
병을 알아보았다. 그래서 그는 자신이 살아갈 수밖에 없는 세계
사이에서 허울뿐인 위계를 정하기 위해 거리낌없는 태도를 취한
다. 그는 참된 존재들을 좋아한다. 지나친 겉치레는 그의 적이다.
부자들에 대한 그의 혐오감은 부자들의 완전한 진실성 부재에서
기인한다. 말로는 기본 원칙을 매우 까다롭게 따지지만 자기 시대

의 요구 사항은 무시한다. 그의 시선은 테레사 수녀 쪽으로 향하지 않는다. 이 점에서 그는 마이클 콜린스Michael Collins에 의해 상상된 외팔이 탐정 댄 포춘Dan Fortune 같은 사람과 몇 광년이나 떨어져 있다. 이 때문에 어느 누구에게도 그를 비난할 자격은 없을 것이다.

그가 자주 드나드는 로스앤젤레스는 보호받는 분양 토지의 로스앤젤레스이다. 중심지를 둘러싸고 있는 빈민굴은 이제 로스앤젤레스의 골칫거리가 아니다. 사설탐정이라는 직업이 가진 특유한 상황이 아니라면 만나보기 어려운 이 사람은 모든 이들에게 여전히 대단히 추상적인 정신의 소유자이다. 이를테면 그는 휴식을 취하기 위해 두는 체스와 유사하다. 그가 보기에 중요한 것은 전술이다. 그는 미행의 클라우제비츠Clausewitz 같은 사람이다! 말로는 의식하지 못한 채 손자 같은 사람의 병법을 실행한다. 전술만이 수사의 결과를 넘어 그를 열광시킨다. 말로는 신비를 녹아웃시키지 않는다. 그렇게 한다면 이는 자기 힘을 과신하기 때문일 것이다. 그는 파격적인 탐정의 모습을 보이지도 않는다. 그는 고물 자동차로 진행되는 장애물 경주의 단골도 허풍 떠는 사람도 투덜거리는 사람도 아니다. 그의 펀치, 그의 양 주먹, 그의 방어 수단은 그의 교육에서, 모순점이 많은 개성에서, 순도 높은 냉정함에서, 정치 감각의 관점으로 볼 때에는 쓸 만하지 않은 수사 방식에서 유래한다. 이 모든 측면은 그야말로 호감을 살 만한 것이 아닐지 모른다. 거기에 익숙해지지 않을 사람도 있을

지 모른다. 추리소설에 익숙해진 단골 독자들의 취향에는 말로가 정말로 들어맞지 않을지 모른다. 그들은 화려함이나 인위적인 것보다는 오히려 도식화 경향과 속도를 더 추구한다. 이것의 원형은 장애물들을 하나씩 깨부수고 목적이 수단을 정당화하므로 방법을 너무 고려하지 않는 사설탐정, 돌파구를 열고 범인의 덜미를 잡기 위해 포탄처럼 발사된 사설탐정이다. 말로는 수사를 다르게 이해한다. 그는 양심의 가책으로 가득찬 채 흔히 망설이면서 시우Sioux의 술책을 활용하고 암중모색하며 고객을 조롱한다. 그가 보기에 이는 자신의 당연한 권리이다. 이것으로 그의 보잘 것없는 보수가 부분적으로나마 상쇄된다.

푸와로의 많은 동료에게는 일종의 충만함, 진지함, 감동적인 엄숙함에 잠기는 것이 일종의 보상이다. 그들의 이러한 태도로부터는 기막힌 결과, 스코틀랜드 야드Scotland Yard의 가장 능숙한 형사들조차 대경실색케 할 어떤 것이 기대된다. 말로는 다른 차원에 위치해 있다. 이것은 그만의 특징이다. 그를 좋아하는 이들은 그의 청년 정신에 기꺼워할 것이다. 그래서 그는 영원히 젊은이로 남을 것이다. 그는 신중한 태도 속으로 옹색하게 웅크러들지 않는다.

영원한 젊음의 후광으로 둘러싸인 그는 그토록 어색한 방식으로지만 획득할 수 있을 빛나는 성과보다는 자신의 활동으로 독자의 관심을 끈다. 말로는 냇물을 걸어서 건너지 않았다. 그의 창조자가 그를 떼어놓으려는 분명한 목적으로, 아마 마지막일 이야기의 시작부에서 그를 떠났다. 한 주인공과 함께 너무 오랫동안 살아서는 안 된다.

다가올 세대들은 말로에게서 자신들의 동정적이고 불안정하고 아무도 관심을 기울이지 않을 경우에는 관대한, 매력적인 탐정을 발견할 것이다. 그는 가차 없는 심판자들과는 다른 깨어 있는 정신에 들어맞을 것이다. 바로 이러한 이유 때문에 그는 우리가 절대적으로 필요로 하는 인물, 어디에도 소속되어 있지 않은 현자이다.

그는 만날 약속들 사이에 잠시 '기믈릿gimlet' 한 잔을 손에 들고 사무실의 긴 의자에 누워 생각에 잠겨 있다. 그가 이 비결을 창안했을까? 아무튼 그는 이 칵테일을 자신이 솜씨 있게 만들어냈다는 것에 대해 그다지 만족해하지 않는다. 이것을 만들어내는 것보다 더 쉬운 것도 없다. 혼합기에 반은 진을 넣고 나머지 반은 레몬주스를 넣으면 된다. 그리고 최후의 정묘함을 더하기 위한 레몬즙 한 방울. 이번에는 설익은 레몬이 좋다. 마지막으로 쓴맛의 식전주 한 방울.

흔들어 마셔봐요. 말로가 당신에게 한잔 권하잖소. 한 모금 맛보고 나서 주저없이 치하하시오. 이렇게 기막힌 칵테일은 처음이라고.

영화에서의 말로

프랑수아 게리프 FRANÇOIS GUÉRIF

말로라는 인물에 신물이 날 지경이다. 누구나 말로에 관해 너무 많이 말한다. 그는 건방지게 굴고 있으며 사이비 지식인들 사이에서 자신이 누리는 평판의 정당함을 입증하고 있는 중이다. 이를 위해 그는 애를 태운다. 옛날에는 침을 뱉을 수 있었고 매몰차게 반격을 가할 수 있었으며 빈정거리는 어조로 말할 수 있었는데 말이다.

레이먼드 챈들러, 1948년 8월 10일의 편지.

하나가 미완성인 여덟 편의 장편소설과 한 편의 단편소설에서, 모두 일인칭으로 이야기되는 이 작품들에서 필립 말로는 한결같이 자신의 체격, 과거, 삶과 일의 근간에 관해 좀처럼 입을 열지 않는다. 당사자가 드러내기를 거부하는 상세한 사항들을 말로의 창조자가 1951년 4월 19일자의 한 편지에서 공개한다. 그의 피조물은 서른여덟 살이지만, "벌써 오래 전의 일이다. 그런데도 그는 늙지 않았다." (1939년 〈빅 슬립〉에서 그가 서른세 살이었고 1953년 〈긴 작별〉에서는 마흔두 살이라는 것을 상기하자. 아무튼 "그의 출생일은 불확실하다.") 그는 알프레드 히치콕Alfred Hitchcock의 〈의혹의 그림자L'Ombre d'un doute〉가 촬영되었던 캘리포니아의 작은 도시 산타 로자에서 태어났다. 그에게는 가족이 없다. 그는 대학에서 2년을 보냈고 한 보험 회사에서 조사원으로 약간의 경력을 쌓았으며 그리고는 로스앤젤레스 카운티의 지방 검찰청에서 수사관으로 일했다. 그는 "어느 때인가 너무 유능한 모습을 보인 탓에" 해고당했다. 뒤이어, 마침내 행동과 체격이 서술된다. "그는 키가 180센티미터를 약간 넘고 몸무게가 75킬로그램 정도이다. 그는 밤색 눈에 갈색 머리이고, 그래서 '제법 풍채가 좋다'는 표현은 그의 기분을 몹시 상하게 할 것이다. 나는 그가 강인한 사람처럼 보인다고 생각하지 않는다. 물론 그가 강인한 사람일 수도 있다. 내 생각에 그에게 들어맞을 배우로 나는 케리 그랜트를 선택했을 것이다.[1] 나는 그가 사람들의 기대만큼 옷을 잘 입는다고 생각한다. 그러나 의복이나 그 밖에 어떤 것이건 구입할 돈이 그에게 많지 않은 것은 명백한 사실이다. 테가 바다거북의 등껍질로 된 선

---

1) 1948년 8월 10일의 편지. 〈레이먼드 챈들러, 서한집Raymond Chandler, Lettres〉, 제1권, 파리, 크리스티앙 부르주아Christian Bourgois, 1973.

글라스를 꼈지만 이로 인해 그가 돋보이게 되지는 않는다. 캘리
포니아의 남부에서는 거의 모든 사람이 수시로 선글라스를 낀
다……."

챈들러는 소설과 편지를 통해 말로의 체격, 옷 입는 습관,
환경(무대 장치와 소품), 행동에 관해 때때로 정확한 정보를 제공했
다. 그러나 말로를 영화화한 이들은 이러한 정보를 전혀 고려하
지 않았다.

필립 말로는 1942년에 영화의 인물로 등장하기 시작한
다. 그러나 익명으로 시작했을 뿐만 아니라 관계가 그다지 깊지
않은 두 문학 주인공의 성격을 떠맡게 되어 있었다. 어빙 라이스
Irving Reis가 〈안녕 내 사랑〉를 각색하여 만든 영화 〈매는 날아오
르고The Falcon Takes Over〉에서 말로는 마이클 알렌Michael
Arlen에 의해 창조된 인물 '팔콘'이 된다. 1941년 영화사 RKO에
의해 시작된 연속극 〈팔콘〉은 또 다른 인기 연속극, 곧 레슬리 채
트리스Leslie Charteris라는 유명한 주인공이 등장하는 연속극 〈성
인聖人〉의 연장 부분일 뿐이다. RKO에서는 모호성을 피하고 성
인의 여러 가지 위업에 흥미를 느끼는 아마추어 관객들을 잃지
않기 위해 조지 샌더스George Sanders라는 연기자를 그대로 출연
시켰다. 이 연속극의 앞선 에피소드 세 편에서 샌더스의 상대역
이었던 웬디 배리Wendy Barrie도 이 첫 번째 〈팔콘〉에 등장한다.
챈들러 소설의 핵심적인 줄거리는 존중된다. 그러나 팔콘은 말로

의 통일성도 사실성도 지니고 있지 않은 인위적인 인물, 매혹자
겸 유혹자이다. 이 배역에 싫증이 난 샌더스는 다음 에피소드 〈팔
콘의 형제The Falcon's Brother〉에서 죽고 이 인물의 역은 그의 동
생 톰 콘웨이가 맡게 된다.

그해에 허버트 리즈에 의해 촬영되고 〈하이 윈도〉로부터
자유롭게 각색된 〈타임 투 킬Time to Kill〉에서는 말로가 로이드
놀란Lloyd Nolan에 의해 연기된 브렛 홀리데이Brett Halliday의 주
인공 마이크 셰인Mike Shayne으로 나온다. 1939년 폭스에 의해
시작된 '마이크 셰인' 연속극은 지난해에 방송된 연속극 〈성인〉
과 경쟁하기 위한 것이었다. 마이크 셰인은 팔콘보다 더 사실적
인 인물이다. 데니스 린즈Dennis Lynds가 썼듯이, "그는 자신이
누구인지, 자신이 무엇을 원하고 왜 행동하는지 알고 있다. 그는
선과 악, 도덕과 부도덕, 정의와 법을 구별하며 자신의 원칙 때문
에 다른 사람들과 갈등을 빚게 될 때 행동이나 판단에 아무런 망
설임이 없다. 그는 정의의 이름으로 법이나 관습을 서슴없이 위
반하며, 자신이 생각하는 그러한 진실을 위해 기꺼이 죽을 각오
가 되어 있다. 그는 혼돈과 혼란의 시대에 자기 자신의 규범을 지
니고 있으며 결코 흔들림이 없는 사람이다."[2] 말로도 자기 자신
의 규범을 지니고 있다. 그러나 그에게는 의심하는 일이 일어나

<hr>

2) 〈20세기의 범죄 및 추리 소설가들Twentieth Century Crime and Mystery Writers〉, 뉴
욕New York, 세인트 마틴스 프레스St Martin's Press, 1980.

며 결코 말로 자신이 처벌하지 않는다(알트만Altman의 〈사설탐정〉의 경우는 예외이다. 그러나 이 문제는 나중에 거론할 생각이다).

말로는 〈안녕 내 사랑〉에 바탕을 두고 1944년 촬영된 에드워드 드미트릭Edward Dmytryk의 〈살인, 나의 즐거움Murder, My Sweet〉(〈안녕 내 사랑〉 또는 〈마침내 범죄가 발생하다〉)에서 공식적으로 영화에 등장한다. 시나리오 작가 존 팍스턴John Paxton은 소설의 줄거리가 복잡하기 때문에 압축, 단순화, 강화라는 세 가지 커다란 원칙을 채택한다. 이런 식으로 그는 로스앤젤레스와 베이시티Bay City(후자는 시나리오에 나타나지도 않는다)에서 서로 경쟁하는 경찰과 말로의 분란 이야기를 없애고 탐정의 관점(인물의 강화)을 택함으로써 서술의 집중도를 높인다. 이러한 선택으로 인해 드미트릭은 때때로 실험적인 연출로 나아가지만, 어느 정도 낡은 시각 또는 청각 효과만을 거두었을 뿐이다. 아무튼 말로 역을 연기할 배우로 팍스턴과 제작자 애드리언 스콧Adrian Scott은 험프리 보가트Humphrey Bogart나 존 가필드John Garfield를 생각하고 있었다. 그러나 RKO에서 딕 포웰Dick Powell을 캐스팅하도록 강요했다. 당시에 딕 포웰은 부드러운 유혹자로서의 모습을 탈피하고 연기 생활에서 어떤 새 출발을 하고자 했다. (그리고 영화의 제목이 〈안녕 내 사랑〉으로 되지 않은 것은 딕 포웰 때문이다. 관객이 이 영화를 딕 포웰의 명성을 드높인 장르인 뮤지컬 영화로 생각하지나 않을까 하는 염려 때문에 제작사에서 원작의 제목을 따르지 않았다.) 마침내 이러한 선택이 드미트릭에 의해 받아들여졌다. 그는 30년 뒤에 다음과 같이 고백했다.

"결국, 말로는 누구인가? 그는 샘 스페이드가 아니다. 그는 다루기 힘든 사람들 사이의 보이스카우트 단장이다. 그는 윤리와 매우 강한 책임감을 지닌 정직한 사람이다. 나는 챈들러를 딱 한 번 만났다. 그는 여러분이 추리 소설가에게서 기대하는 그러한 사람이 전혀 아니었다. 그는 사물을 기이한 방식으로 보았다. 그는 부패를 증오했다. 나는 그의 소설을 영화화하면서 내가 소설의 대사를 더 낫게 다듬을 수 없다는 것을 깨닫게 되었다. 나는 최선을 다해 소설의 정신에 충실하려고 노력했다."[3]

포웰은 이 작중인물에 매우 열중했다. 그의 이러한 태도는 옳은 것이었다. 이 영화 덕분으로 '강인한 사람'으로서의 새로운 영화 경력이 말로에게 열렸다. 역사가 윌리엄 K. 에버슨 William K. Everson의 관점에서는 매력과 파렴치, 허약함과 냉혹함이 뒤섞여 사설탐정의 초상이 변모되었다. 요컨대 포웰은 완벽하게 믿을 만한 말로였다. 그러나 챈들러에게는 분명히 그렇지 않았을 것이다. 챈들러는 나중에 1949년 5월의 한 편지에서 "가장 위대한 사설탐정과 그의 테너 목소리"로 '딕 포웰 쇼'를 회상했다.

3) 존 투스카Jon Tuska, 〈할리우드에서의 탐정The Detective in Hollywood〉, 뉴욕, 더블데이Doubleday, 1978.

보가트 또는 이상적인 연기자

하워드 호크스Howard Hawks의 〈빅 슬립〉(1946)은 로버트 알트만의 〈사설탐정〉과 함께 챈들러의 소설이 영화로 각색된 가장 유명한 사례이다. 윌리엄 포크너William Faulkner와 레이 브래켓Leigh Brackett이 각자 자신의 동네에서 시나리오를 썼고 호크스가 전체를 조율했다. 그 결과 길이가 제작진의 요구를 초과했기 때문에 쥴스 퍼드만Jules Furthman이 잘라내기에 이르렀다. 그래도 복잡한 이야기를 명확히 하는 데에는 역부족이었다. 그러나 호크스는 개의치 않았다. 그는 나중에 다음과 같이 말하게 된다. "나는 무슨 일이 진행되는지 전혀 이해하지 못했다. 그러나 기초 자료에 기막힌 장면들이 있었고 그것은 좋은 구경거리였다. 그래서 나는 논리적이기 위해 애써 노력하지 않겠다고 마음먹었다."[4]

어떤 정통주의자들은 험프리 보가트가 신체조건에 있어서 말로와 맞지 않다고(특히 보가트는 키가 너무 작았다. 그래서 키에 관한 대사가 교묘하게 변경되었다), 로런 베이콜은 결코 챈들러에 의해 상상된 인물이 아니라고, 소설의 마지막 대목을 물들이는 타락과 느린 죽음의 인상과는 반대로 영화가 '해피 엔딩'으로 끝남으로써 결국 멜로물로 빗나갔다고 주장했다. 그래도 역시 존 휴스턴John Huston의 〈몰타의 매〉에서 샘 스페이드의 독특한 분위기로 득을

---

4) 조세프 맥브라이드Joseph McBride, 〈매 대(對) 매Hawks par Hawks〉, 뉴욕, 엥글우드 클리프Englewood Cliffs, 1972, 람세 출판사에서 1986년에 프랑스어판 간행.

보는 보가트는 완벽한 자신감을 갖고 자신의 체격과 나이를 일시적으로 해결한다. 그는 이러한 자신감을 배역과 관련하여 시종일관 유지한다. 그에게는 말로의 날카롭고 재치있는 응답, 유머 감각, 통찰력이 있다. 챈들러 자신이 해미슈 해밀턴Hamish Hamilton에게 보낸 편지에서 말했듯이, "어느 날 당신이 이 영화 〈빅 슬립〉을 본다면, 당신은 분위기에 대한 감각이 있고 은밀한 사디즘의 낌새를 의도적으로 풍기는 한 연출가가 이러한 유類의 이야기로 무엇을 만들 수 있는가를 이해할 것입니다. 보가트는 물론 영화의 다른 모든 강인한 사람들보다 훨씬 우월합니다. 래드Ladd 같은 사람들과 포웰 같은 사람들은 보가트에 비하면 가련한 미련퉁이입니다. 지금 누구나 말하듯이, 보가트는 리볼버 권총 없이도 냉혹할 줄 압니다. 게다가 그는 귀에 거슬리게도 조롱하는 듯한 유머 감각을 지니고 있습니다. 래드는 냉혹하고 신랄하며 때때로 매력적입니다만, 결국 그는 어린 소년이 강인한 사람에 관해 품는 관념입니다. 반면에 보가트는 진국입니다. 에드워드 G. 로빈슨Edward G. Robinson처럼 그는 어떤 장면에 등장하기만 해도 그 장면을 지배하기에 이릅니다."

배신당한 사설탐정

동일한 해에 필립 말로는 로버트 몽고메리가 제작하고 출연한 〈호수의 여인〉에서 이름에 "l"자가 하나 더 붙어 필립Phillip이 된다. 챈들러 자신이 175쪽에 달하는 시나리오를 썼는데 이 중에서 150쪽은 불필요했다. 게다가 제작자 조지 헤이트George Haight 가 보기에는 구조가 너무 느슨했다. 그래서 조지 헤이트는 작가 스티브 피셔Steve Fisher에게 시나리오를 다시 쓰게 했다. 스티브 피셔가 여러 작중인물을 희생시키고 이야기를 요약하여 결과물 을 챈들러에게 가져갔다. 챈들러는 스티브 피셔를 현관문 밖에서 맞이하여 시나리오를 받고는 피셔에게 들어오라고 권하지도 않 았다. 챈들러는 이 시나리오를 좋아하지 않았다. 이 시나리오가 로버트 몽고메리에게 우연히 전달되었다. 로버트 몽고메리는 이 시나리오에서 우선 진부한 사설탐정 이야기만을 보았을 뿐이다. 그러다가 어떤 주관적인 카메라의 시점을 채택하여 영화를 연출 하려는 기발한 생각이 떠올랐다. 즉 카메라는 말로"일 것이고" 그의 시선을 통해 무대 장치와 인물들을 보여줄 것이며, 탐정은 거울 속에서 자신을 비춰볼 때에만 모습을 나타낼 것이다. MGM 에서 이 착상을 샀고 피셔가 시나리오를 다시 손질했다. 몽고메 리는 여주인공을 껴안고 있는 그를 "객관적인" 카메라가 보여주 는 마지막 장면을 제외하고 이 무모한 계획을 끝까지 밀고나갔 다. 피셔는 정직하게 작업했고 챈들러의 대사들을 최대로 존중했 으며 이야기의 연속성과 관련하여 소설 속에서 만들어진 분할 방 식의 타당성을 인정했다. 몽고메리는 배우로서의 성과보다는 실 험적인 연출에 더 마음이 끌렸다. 그는 기이하게 "부재하는" 말 로였으며, 부패한 형사(로이드 놀란)와 정신착란에 빠진 여자 범인

(제인 메도우스)에게 행동의 자유를 주었다. 그럼에도 불구하고 그는 인물을 더 신랄하고 더 난폭하게 만듦으로써 자신의 개인적 표현 방식을 인물에 부여했다. 이에 따라 말로는 박봉을 받고 일하고 초라한 호텔에서 생활하며 생활고로 투덜거리며 심지어는 직장을 때려치울 생각도 한다. 피셔에 의하면, 빈털터리이고 할 일이 많다는 사실 때문에 생겨나는 이 신랄함은 몽고메리의 톡 쏘는 유머와 아주 잘 어울렸다. 이러한 말로가 챈들러의 마음에는 들지 않았다. 챈들러는 1949년 4월 16일 알렉스 배리스Alex Barris에게 다음과 같은 편지를 써보냈다. "〈호수의 여인〉에서 활용된 '카메라의 눈' 기법은 할리우드의 낡은 방식이네. 모든 젊은 시나리오 작가나 연출가가 이 기법을 시도했지. 밥 몽고메리는 단순히 기술적으로 이 기법을 마음대로 이용할 수 있는 위치에 있었어. 나는 시나리오 초안에서 몇몇 장면을 이 방식으로 쓴 적이 있네(그러나 최종판이 내 이름으로 나오는 것을 거부했네). 만일 내 쪽에서 몽고메리에게 영감을 주었다고 주장한다면, 이것은 우스꽝스러운 일일 거야. '카메라를 인물로 만들자'라는 표어가 할리우드의 모든 식탁에서 수시로 이야기되었어. 나는 카메라가 살인자이기를 바라는 어떤 녀석을 알게 되었지. 그러나 그것은 엄청나게 속임수를 쓰는 조건에서만 가능할 일일 거야. 카메라는 너무 정직하니까."

　　20세기 폭스사社에서 〈하이 윈도〉를 영화화하기로 결정할 때, 이 영화에는 챈들러에 의해 예고된 제목, '더 브래셔 두블룬

The Brasher Doubloon'이 붙는다. 이것이 유일하게 저자에 대한 감사의 표시이다. 왜냐하면 존 브람의 〈더 브래셔 두블룬〉(1947)은 아주 조악한 각색이기 때문이다. 상영 시간과 흥행 순위 때문에 다시 한 번 책이 축소되었다는 것은 그다지 중요하지 않다. 이번에는 스티븐 펜도Stephen Pendo가 강조하듯이 영화의 줄거리가 소설의 줄거리보다 훨씬 더 "어수선하다". 영화의 요구가 있는 법이며, 프랑수아 트뤼포가 지적했듯이 "하나의 각색에서는 벨트 아래를 치는 것을 제외하고 모든 공격이 허용된다". 게다가 이 경우에는 정당하지 못한 수단을 조지 몽고메리가 선택하게 된다. 그는 콧수염을 기르고 파이프를 피우며 아주 빈약한 응답을 읊조리는 말로, 골프 치는 말로를 연기한다. ("나는 귀여운 얼굴 때문에 이 이야기에 끼어들었다. 고대의 트로이 사람들도 동일한 이유 때문에 10년전쟁에 말려들었다. 그러나 나처럼 후회하지는 않았다." 스티븐 펜도에서 재인용.) 게다가 어느 정도 거들먹거리는 이러한 말로의 창조자들은 말로에게서 정직성과 정의감을 제거해버렸다. 한 여자를 치유하기 위한 성적 억제, 그녀를 더 잘 정복하기 위한 성적 억제만이 부각될 뿐이다.

원작으로의 회귀

폴 보가트의 〈말로〉(《무뢰한들의 왈츠》)(1969)는 20년 전에 이미 챈들러에 의해 출판된 〈리틀 시스터〉를 각색한 것이다. 이 작품으로 챈들러는 할리우드와의 갈등을 해결했다. 시나리오 작가 스 터링 실리펀트는 행동을 다시 한 번 단순화하고 몇몇 부차적인 인물을 빼고 새로운 두 명의 인물, 동성애자 이발사(챈들러는 오히 려 동성애 혐오자였다)와 말로의 귀여운 여자친구 역인 젊은 여자(이 점에서 그는 이전 영화들의 전통을 따른다)를 끌어들인다. 그러나 실리펀 트의 주요한 도전은 행동을 현대화하고 1969년의 맥락에 맞춰 신빙성이 있게 하는 것이다. 이를 위해 그는 소설을 10여 번 읽 고 소설에 빠져들며 자기 자신의 관점에서 "챈들러의 발걸음을 충실하게 뒤쫓는다". 그는 "극의 긴장도를 높이고 부차적인 인 물들에 대한 말로의 반응과 관련하여 말로에 관해 더 많은 것을 밝히기 위해"[5] 작가에 관해 알아보고 삶에 대한 작가의 태도를 조사하며 작중인물들에 대한 작가의 감정을 면밀히 검토한다. 근본적인 문제는 아주 명백하다. 말로가 과연 1969년의 로스앤 젤레스에서 개연성 있는 주인공이냐 하는 것이다. 사회가 변했 고 부패했다. 정직한 기사, 낭만적인 영웅을 위한 자리가 아직도 있을까? 실리펀트는 그렇다고 믿으려고 애쓴다. "나는 말로를 챈들러가 보았고 묘사했던 그대로 붙잡으려고 진지하게 시도했 다. 나는 레이의 의도를 경험으로 알고 있다고 생각한다. 왜냐하 면 라 졸라에서 두세 번 그를 만나보았고 그와 대화를 나누었으 며 그의 평론을 포함하여 그가 쓴 모든 것뿐만 아니라 그에 관해

5) 20세기의 범죄 및 추리 소설가들, 앞의 책.

쓴 모든 것을 기억할 수도 없을 만큼 수차례 읽었기 때문이다. 그리고 내 자신이 챈들러의 열렬한 팬이기 때문이다. 그의 정신을 지키는 것이 나의 주요 관심사였다."[6]

　　마지막으로 실리펀트는 말로가 현대적인 인물이라고 단언한다. "말로는 오늘날에 훨씬 더 적합한 인물인 듯했다. 여러 군데에 구멍이 뚫린 갑옷에 초라한 기사의 몰골을 한 그는 오늘날 더욱더 상처받기 쉬운 인물로, 그리고 어떤 점에서는 1940년대보다 더 고결한 인물로 보였다. 신의 가호로 보가트가 우리들 사이에 남아 있었더라면 나는 이 사실을 입증했을 것이다. 그리고 보가트가 오늘날 살아 있다면, 그리고 그가 또다시 말로 역을 연기한다면, 관객들이 너무 많아서 우리는 그가 출연한 영화들을 관람할 수 없을지도 모른다. 나는 말로의 행동이 현대 사회에 들어맞지 않는다고 말하는 비평가들과 견해를 달리한다. 나는 오히려 현대 사회의 행태가 말로의 행동과 맞지 않는다고, 말로의 행동이 더 지속적이며 이 차이가 하나의 이점으로 평가되어야지 트집거리로 여겨져서는 안 될 것이라고 말하고 싶다…… 독창적인 인물의 순수성을 보존했기에 그만큼 더 많은 근거가 있다."[7]

6) 스티븐 펜도Stephen Pendo, 〈영화로 본 레이먼드 챈들러Raymond Chandler on Screen〉, 메투첸Metuchen, 더 스케어크로우 프레스The Scarecrow Press, 1976.
7) 위의 책.

말로가 자신의 윤리를 간직하고 있다 해도, (살짝 거들자면 챈들러에 의해 환기된 이상적인 말로에 '외관상으로' 가장 가까운 작가인) 제임스 가너James Garner의 해석을 통해 볼 때 말로는 더욱 자신감 있고 더 매혹적이다. (윌리엄 K. 에버슨에 의하면 "가장 섹시한 말로"이다.) 그는 어려운 상황에서도 침착하다. 그리고 가너는 거리를 두는 비꼬는 태도를 그에게 부여할 줄 안다. 이러한 비꼬는 태도를 통해 그는 (브루스 리Bruce Lee라는 이름의 초보자가 그의 사무실을 훼손하러 올 때를 포함한) 모든 상황에서 당당하게 벗어날 수 있다. 스티븐 펜도에 의하면, 폴 보가트의 영화는 챈들러 소설의 가장 과소평가된 각색이다.

사설탐정의 죽음

"나는 말로가 죽었다고 생각한다. 그의 죽음은 '긴 작별'이었다. 나는 그의 죽음이 이러한 장르, 더 이상 받아들일 수 없으리라고 생각되는 하나의 장르에 대한 작별이라고 믿는다."[8]

로버트 알트만의 이 발언은 분명하다는 것이 장점이다. 1973년에 배급된 〈긴 작별〉(《사설탐정》)은 알트만에 의하면 본래의

8) "로버트 알트만 말하다Robert Altman Speaking", 〈영화평Flim Comment〉, 1974년 3~4월.

맥락 밖에서는 존재할 수 없었던 챈들러의 말로에게 닥쳐오는 종말을 기념한다. 엘리엇 굴드Elliott Gould에게서 단호하게 현대적이고 소란스러운 캘리포니아에 내동댕이쳐진 공상적이고 복수심이 강한 사설탐정을 보는 사람들로부터는 격찬을 받고 챈들러 소설 주인공의 배반을 규탄하는 사람들로부터는 비판을 받는(심지어는 미움을 받는) 가장 나은 말로. 이 영화는 많은 논평을 불러일으켰으며 시간이 지남에 따라 다소 완화된 여러 차례의 논쟁을 유발했다. 나의 의도는 이미 꺼진 불에 기름을 끼얹으려는 것이 아니라(스티븐 펜도의 책에서 구체적으로 전개된) 역사상의 몇 가지 특별한 문제를 환기시키려는 것이다.

MGM에서 〈귀여운 누이〉의 저작권과 동시에 〈긴 작별〉의 저작권을 샀으며 동일한 시나리오 작가 스터링 실리펀트로 하여금 각색을 진행시켰다. 스터링 실리펀트는 이전과 동일한 문제(소설의 단순화와 현대화)에 맞닥뜨렸으며 동일한 윤리(챈들러의 정신에 대한 충실성과 작중인물에 대한 존중)로 만족했다. 그는 1968년 10월에 시나리오를 완성해서 MGM에 건네주었다. 그 사이에 MGM에서는 이 사업에 대한 관심을 모두 잃어버렸고 제작자 엘리엇 캐스너에게 사업권을 팔았다.

캐스너는 〈빅 슬립〉의 공동 시나리오 작가 레이 브래켓을 고용하여 새로운 시나리오를 쓰게 했다. 실리펀트와는 반대로 그녀는 현대화의 가능성을 믿지 않았다. "챈들러의 고유한 규정에 따르면, 말로는 정신의 창조물이었다. 그는 챈들러가 그를 위해 창안한 세계의 맥락에서만 존재했다. 이러한 맥락을 제거한다면, 말로에게서 무엇이 남겠는가? 시간이 흐르면서 이러한 맥락은 사라졌다. 우리에게는 새로운 세대와 전적으로 다른, 아마 똑같이 가짜일 테지만 이전과는 다른 수많은 상투적인 표현이 있다. 사설탐정도 텔레비전에서 잘 나간다. 그는 새로운 맥락에서 살아가며 그가 맞서 싸우는 부패는 새로운 모습으로 나타난다."[9]

펜도에 의하면 브래킷의 시나리오는 실제로 "또 다른 상투적 표현"뿐만 아니라 비논리(펜도는 이것들의 목록을 제시한다)로 가득 차 있었다. 그녀가 완결된 영화를 보았을 때에는 희한하게도 여러 설명 장면이 사라졌고 또 어떤 장면들은 추가되었다는 사실에 기대어 그녀를 변호할 필요가 있다.

피터 보그다노비치는 로버트 미첨Robert Mitchum을 말로 역으로 결정하고 영화를 촬영하기로 승낙했다. 제작사에서는 엘리엇 굴드를 밀었다. 그러자 보그다노비치가 이 자리를 브라이언 G. 허튼Brian G. Hutton에게 양보했는데, 이번에는 브라이언 G. 허튼이 개인 일정을 이유로 이 역할을 고사하지 않을 수 없었다. 로버트 알트만이 브라이언 G. 허튼을 대신했다. 그러나 로버트 알트만도 역시 엘리엇 굴드만이 말로 역을 연기할 수 있다고 선언했다.

9) 스티븐 펜도, 앞의 책.

완성된 영화에 대한 평가는 다양한 찬반으로 나뉘어 뜨거운 논쟁을 불러일으켰다. 대체로 로스앤젤레스의 언론은 혐오감을 드러냈고 뉴욕의 언론은 열렬한 찬사를 아끼지 않았다. 뉴욕의 언론계에서도 앤드류 새리스만은 예외였다. 그는 결론적으로 자기 동료들의 대부분이 "방어적으로" 기사를 썼다고 혹평했다. 논란은 미국에서 시작되어 프랑스로 파급되었다.

여기에서 논쟁은 챈들러 "열광자들"의 일이 아니라 알트만(당시에 사람들이 몹시 좋아한 감독) 옹호자들이라는 신성 불가침한 집단의 일이다. 알트만 옹호자들은 "정통주의자들"의 신중함을 예상하고서 사전에 그들을 귀찮은 사람으로 취급함으로써 그들의 의도를 비난했다. 근본적인 문제는 이 "지지자들"에게 알트만이 그들보다 챈들러를 더 잘 이해했다는 것을 입증하는 것이었다. 가령 로버트 베나윤Robert Benayoun은 이 영화의 개봉 전에 다음과 같이 말했다(〈포지티프Positif〉, no 155). "챈들러를 올바르게 읽은 알트만은 틀림없이 (〈챈들러 말하다〉에 재수록된) 다음과 같은 웅변적인 말을 우선적으로 끌어냈을 것이다. '말로는 그다지 어른 같지 않은 40대 남자이다. 그는 부패한 사회에 반항한다. 그는 인생의 낙오자이고 자신도 이 사실을 알고 있다. 그는 돈이 없기 때문에 낙오자이고, 그가 살아가는 시대와 장소에 그의 특별한 재능이 적합하지 않기 때문에 정신적으로도 낙오자이다.'" 그리고 알트만 자신이 상기시키듯이 챈들러는 본질적으로 작중인물들, 그들의 태도와 성격에 관심이 있었다. 여기에는 이야기가 그다지 중요하지 않다는 점이 함축되어 있다. 마지막으로 영화가 개봉되던 날 호세 베스코스Jose Bescos가 〈파리스코프Pariscope〉에서 단언했듯이, 브래킷은 챈들러의 죽음 직전에 런던에서 챈들러와 여러 차례 "대담"을 했으므로 가장 적합한 각색자였다.

나는 알트만이 챈들러를 "올바르게 읽었는지" 알지 못한다. 어쨌든 그는 존 투스카에게 〈긴 작별〉을 전부 읽지 않았으며 말로를 크게 고려하지 않았다고 고백했다. "작중인물들"로 말하자면 그들의 태도와 성격이 영화와 소설에서 완전히 서로 다르다. (나는 각색의 절대적 필요에 따라 없어졌거나 새로 창안된 인물들이 아니라 소설과 동시에 영화에도 등장하는 인물들에 관해 말하고 있다.) 세부 사항으로 들어가지 않고 '두드러진' 차이 한두 가지만 떠올려보자.

영화에서는 테리 레녹스가 아내 실비아Sylvia를 살해하고는 멕시코로 도주했는데, 아일린 웨이드Eileen Wade가 남편의 자살 후에 멕시코로 와서 그와 만나게 된다. 소설에서는 아일린(테리의 전처)이 실비아를 죽이고 뒤이어 자기 남편까지 살해하며 말로에 의해 꼼짝 못하게 된 다음에 자살한다.

영화에서는 악당 마티 오거스틴Marty Augustine이 테리를 추적한다. 테리가 그로부터 강탈하여 숨겨둔 돈을 되찾기 위해서이다. 챈들러의 소설에서는 악당(사실은 두 명이다)이 테리를 멕시코로 도주하도록 돕는다. 왜냐하면 테리로부터 입은 은혜를 갚아야 하기 때문이다("세상에서 당신만이 사심없는 유일한 사람인 것은 아니오, 말로 씨" 하고 테리는 말한다). 적어도 말할 수 있는 것은 사심없음이 전통적인 주제, 즉 숨겨둔 돈의 추구로 대체됨으로써 확실히 "성격"
과 "태도"의 변화가 초래된다는 점이다.

영화의 마지막 장면에서 말로는 테리를 죽인다. 그리고
베나윤은 다음과 같이 쓴다. "말로가 마침내(챈들러에 의해 예견되지
못한) 반항의 몸짓으로 자신의 가짜 친구를 쓰러뜨리고 이 불건전
한 이야기에 도덕을 주입하기에 이른다. 알트만은 '자신의' 말로
가 중심에서 벗어난 단역을 맡는 것, 돈과 정치 때문에 말을 못하
게 된 경찰이 권력의 측면에서 불한당과 합류하는 사회에서 말로
가 희생양의 역할을 하는 것을 보려고 하지 않는다."

소설에서는 말로가 목숨과 자유를 걸고(살인자들과 경찰) 아
일린의 자백을 출판한다. 그에게 "돈을 받고 싶지 않느냐"고 묻
는 기자에게 그는 "돈 때문이 아니다"라고 대답한다. "이 불건전
한 이야기에 도덕을 주입하기" 위해 챈들러가 자신의 주인공으로
하여금 바로 〈미키 스필레인Mickey Spillane〉의 주인공에게나 어
울리는 리볼버 권총을 발사하게 할 필요는 없다.

"넌 불쌍한 놈이야"라고 테리가 리볼버 권총을 쏘기 전에
말로에게 말한다. 소설에서는 명백히 테리가 불쌍한 녀석이며 이
사실을 말로에게 고백한다. "이 안에는(그가 라이터로 자기 가슴을 두드
린다) 이제 아무것도 없어. 난 끝장이야, 말로, 오래전부터 끝났
어." 이러한 근본적 변화는 유명한 런던 대담들에서 기인하는 것
일까? 사실 레이 브래켓은 자신이 어떻게 작중인물에게 접근할
지 모른다는 느낌에 젖어 있다고 존 투스카에게 말한다. 챈들러

의 정신은 "인생 낙오자"의 최종적인 리볼러 권총 발사에 의해 완벽하게 왜곡된다. 소설들에서 말로는 살인을 저지르지 않을 뿐만 아니라 그가 속았다고 누군가가 생각할 수 있다는 것은 그에게 그다지 중요하지 않다. 챈들러는 다음과 같이 말했다. "나에게 와서 내가 사회 의식을 가지고 있다고 말하는 녀석들이 있다. 말로는 말만큼만 사회 의식이 있을 뿐이다. 그는 개인 의식이 있다. 이것은 사회 의식과 전혀 다르다." 그리고 이로 인해 우리는 베나윤에 의해 적당히 넘어간 인용의 후반부를 읽어보게 되는데, 이 후반부에서는 "인생의 낙오자"가 다르게 설명된다. "부패한 사회에 반항하는 것이 성숙성 결여의 징후라면, 말로는 완전히 어린애 같다. 더러움이 있는 곳에서 더러움을 보는 것이 사회적 부적응자의 특징이라면, 말로는 사회의 부적응자이다…… 나는 결국 우리 모두가 인생의 낙오자라고 생각한다. 그렇지 않다면, 세계가 현재의 모습이지는 않을 것이다."

알트만는 전쟁 영화 또는 서부 영화를 탈신비화의 의지로 비난했듯이 말로를 비판했다(이것은 전적으로 그의 권리이다). 그는 말로를 '패배자'로 여긴다. 이런 말로에게 그가 매혹당할 리 없다. 엘리엇 굴드는 알트만의 지시와 눈짓을 엄격하게 따르며, 사건들에 뒤지는 그러한 말로(그는 범인의 결백을 입증하려고 애쓰면서 시간을 보내며, 언제나 경찰보다 늦다)를 무기력한 인물로 해석한다. 그러한 말로는 적극적이라기보다는 복수심이 강하다. 그는 어느 정도 얼이 빠져 있고(펜도가 말하듯이, 관객은 첫 장면부터, 영화가 시작된 후 2분 만에 테리 레녹스가 양심의 가책이라고는 전혀 없는 사기꾼이라는 것을 이해한다. 그는 말로의 오랜 친구이다. 이로 인해 말로는 꽤 멍청한 사람으로 보이게 된다), 몹시 이상하며(시나리오 작가가 그에게서 없애지 않은 유일한 것은 재치있게 대꾸하는 감각이다), 여자들의 관심을 별로 끌지 못한다. 그는 알트만이 말하듯이 변함없는 실패자이다. 알트만은 챈들러 문체의 작가를 상징하는 스터링 하이든Sterling Hayden과 사실상 영화의 유일한 주인공이자 영화 시작 장면(가장 훌륭한 장면)의 중심 인물인 고양이에게 더 이상 관심을 기울이지 않는다. 알트만은 다음과 같이 말한다. "사실, 〈긴 작별〉의 진정한 수수께끼는 말로의 고양이가 어디로 떠났는지를 아는 것이다. 나는 이 영화를 연속 화면으로 촬영했다. 그리고 이 영화에서 가장 중요한 사실은 고양이의 시퀀스를 시작부에 놓은 것이라고 생각한다. 내가 생각하기에 이 시퀀스는 관객에게 지금 상영될 영화가 험프리 보가트의 영화는 아니리라는 것을 일러준다."[10]

　　〈사설탐정〉으로 "말로를 이번에야말로 쉬게" 하고 싶었다고 알트만은 설명한다. 그는 우리로 하여금 이것이 챈들러의 소설에서, 그것도 훨씬 더 섬세하고 탁월한 방식으로 이루어진 것이라고 말할 수 있게 하기를 원했다. 챈들러 애호가 필립 더햄 Philip Durham은 다음과 같이 말한다. "〈긴 작별〉에서 말로는 늙었고 지쳤으며 어떤 것에도 애착을 느끼지 못했다. 이 사설탐정

<hr>

10) "로버트 알트만 말하다", 앞의 잡지.

은 42세의 중년 남자로서 자신의 위험한 직업이 지겹다고 생각
하기 시작했다. 한 달에 한 번 그는 좀 더 '건실한 직업'을 갖기
위해 사설탐정을 그만둘 생각에 휩싸이곤 했다. 물론 그는 그렇
게 하지 않았다. 대신에 '피곤한 저녁' 속으로 모험을 떠나 예전
에 늘 그랬듯이 사회를 위해 정의, 용기, 충성을 다했다. 그러나
이번에는 이로부터 어떠한 즐거움도 끌어내지 못했다. 사실은 때
때로 절망에 빠지곤 했다."

　　　12년 뒤에(《타임》, 1975년 6월 16일) 〈내슈빌Nashville〉과 〈숏
컷Short Cuts〉의 저자는 〈사설탐정〉이 자신의 가장 만족스럽지 못
한 영화들 가운데 하나라고 고백했다.

결미: 두 대양 사이의 말로

제작자 엘리엇 캐스너는 〈긴 작별〉의 여세를 몰아 〈살인, 나의
즐거움〉의 재영화화에 착수했다. 그는 이 재영화화된 작품에 소
설의 제목 〈안녕 내 사랑〉를 다시 붙였다. 그는 〈라이프〉, 〈룩〉,
〈보그〉, 〈타임〉, 〈에스콰이어〉의 전직 사진기자 딕 리차즈Dick
Richards를 감독으로 선정했다. 딕 리차즈는 광고 영화로 경력을
시작했고 1972년에는 하워드 호크스로부터 호평받은 서부 영화
〈더 컬페퍼 캐틀 컴퍼니The Culpepper Cattle Company〉(〈피, 땀, 화
약〉)를 만들었다. 이는 아마 다음의 사실에 의해 설명될 것이다.
리차즈는 로버트 미첨을 말로 역으로 캐스팅했다. 리차즈에 의

하면 로버트 미첨은 "30년 전부터 말로 역을 연기하기를 기다렸다." 그리고 리차즈는 연기를 거의 챈들러가 위치시켰던 시대에 다시 놓기로 결정했다. 나중에 그가 나에게 이렇게 설명했다. "나는 오늘날의 연기를 택할 결심이 서지 않았다. 왜냐하면 챈들러가 죽었기 때문이고 그가 자기 시대를 위해 이야기를 썼기 때문이다. 그렇다면 나로서는 챈들러의 이야기를 더 효과적으로 허물어뜨리는 방향으로 나아갈 이유가 없었다. 무엇 때문에 챈들러의 이야기를 본래의 맥락 속에 다시 놓지 않을 것인가?" 리차즈와 시나리오 작가 데이비드 젤락 굿맨David Zelag Goodman은 "저자에 대한 충실성"이 주요 관심사였다고 고백한다. 그들에게 결과는 아주 좋지 않았다. 폴 베키알리Paul Vecchiali는 "비굴할 정도로 충실하다"고 말한다(《영화의 계절》, 1976). 그는 자신이 무엇에 관해 말할지를 알지 못한다. 왜냐하면 말로의 나이(그는 더 늙었다), 임박한 대일본전쟁의 맥락(챈들러의 소설에는 없다), 작중 인물들의 제거(특히 앤 리오단), 두 남성 인물(존더베르크 박사와 줄스 앤서)이 하나의 여성 인물(레즈비언들을 위한 매음굴의 비만한 소유주)로 바뀐 사실 등 여러 가지 점에서 시나리오가 소설에서 벗어나 있기 때문이다. 연기가 더 격렬하고 말로가 결국 어떤 여자를 죽인다는 점을 덧붙이자. 말로가 살인을 저지른다는 상황의 설정은 비록 살인이 정당 방위의 결과일지라도 챈들러의 소설에서는 있을 수 없는 일이다.

리차즈는 챈들러의 정신에 대단히 충실했다. 그는 말로의 심적인 권태를 육체적으로 표현해냈다. 이로 인해 로버트 미첨의 나이가 받아들여지게 된다. 다른 관점에서 로버트 미첨은 뛰어난 말로, 그리고 보가트 이래 가장 설득력 있는 말로이다(아마 미첨도 보가트처럼 강인한 사람으로 보이기 위해 속임수를 쓸 필요가 없었기 때문일 것이다). 그는 복고풍의 방식으로 연기를 하지도 않았다. 그는 딘 타불라리스Dean Tavoularis(코폴라Coppola의 무대장치 책임자)와 존 알론조John Alonzo(〈차이나타운〉의 촬영감독)의 도움을 받아, 망향望鄕의 좋은 냄새를 풍기는 화려한 소품들을 동원하지 않고서도 습하고 불결하며 부유한 캘리포니아를 재창조할 줄 알았다. 영화는 어느 더러운 호텔방에서 시작되고, 연기는 어느 가난한 동네에서 펼쳐진다. 몇몇 익명의 간이식당과 한두 가지의 호화로운 장식은 이야기에 필요한 부주제를 이룬다. 경관景觀은 "자연스럽다"(1975년부터 이 경관의 대부분이 사라졌다. 어떠한 역사적 흔적도 간직하지 않는 신흥 도시의 상처). 미국의 임박한 참전으로 말미암은 암울한 분위기가 덧붙여지고 개인적 폭력의 우스꽝스러움이 강조된다. 끝으로 영화에서 샬로트 램플링Charlotte Rampling의 남편은 바로 유명한 짐 톰슨Jim Tompson이라는 사실, 그의 친구이자 영화의 제작자인 제리 비크Jerry Bick가 그를 이 모험에 끌어들였다는 점을 애호가들에게는 밝히는 것이 좋겠다.

〈패어웰 마이 러블리〉(〈안녕 내 사랑〉)는 재상연할 만하다.

마이클 위너가 호크스의 영화를 재영화화한 〈빅 슬립〉의 경우는 사정이 다르다. 오늘날의 런던에서 연기가 펼쳐진다. 이 영화의 유일한 이점은 소설의 줄거리가 문맥 밖에서도 기능할 수 있다는 것을 이러한 배경 변화가 증명한다는 데 있다. 위너가 호크스의 시나리오를 모방하여 각색을 '실행하고' 미첨이 열의 없이 사설탐정의 역을 맡는다. (그는 이 영화를 "긴 하품"이라고 부르게 된다.) 줄거리가 작동한다 해도, 작중인물들은 제자리에 놓이지 않은 듯하다. 요컨대 말로에게 캘리포니아가 없다.

캘리포니아를 말로는 아그니츠카 홀란드Agnieszka Holland가 연출한 연속극 〈타락한 천사들〉(1996)의 텔레비전용 영화 〈붉은 바람〉에서 재발견한다. 시나리오 작가 앨런 트러스트맨Alan Trustman은 말로의 피부색을 바꾼다. 이 연속극의 제작자 시드니 폴락Sydney Pollack은 다음과 같이 말한다. "우리는 온갖 종류의 것을 새로 만들어내려고 시도했다. 대표적인 사례가 흑인 필립 말로이다." 따라서 이제는 말로가 대니 글로버Danny Glover에 의해 연기되고 인종차별주의자 경찰과 부딪치며 발레리아 골리노Valeria Golino를 추적한다. 이러한 영화가 영화로서 기능할까? 이 영화를 관람하지 않은 나로서는 단언하기 어렵다. 누구나 말할 수 있는 유일한 것은 로버트 알트만이 '영원한 잠' 속으로 '꼼짝없이' 몰아넣었다고 생각한 말로를 영화와 텔레비전이 십중팔구 끌어낼 채비를 갖추고 있다는 점이다.

되먹임

파트릭 레날PATRICK RAYNAL

1

— 필립 말로 씨입니까?

녀석이 내 앞에서 몸을 좌우로 흔들었다. 손에는 편지 한 장을 들고 있었고 루즈벨트가 금주법 시대를 끝장내던 날에는 틀림없이 새것이었을 남성복을 입고 있었다. 내 뒤에서는 내 직장 동료가 멜로우즈 애비뉴의 어떤 전당포 주인에게서 얼마 전에 구입한 색소폰으로 어떻게든 한 화음을 내보려고 용을 쓰고 있었다. 그날 로스앤젤레스에는 차가운 바람이 불고 있었다. 그러나 녀석은 여름이 한창일 때처럼 땀을 흘렸다. 나는 무언가 의심스럽다는 느낌이 들었지만, 샘이 색소폰과 함께 가져온 스코틀랜드산 위스키 한 병만을 생각했다.

— 바로 나요. 내가 통로에서 멀어지면서 했소. 들어오시오. 당신 표정을 보니 정말로 한잔할 필요가 있는 듯한데…….

그는 알아들을 수 없는 말을 두서없이 중얼거리고는 방으로 들어와서 하나뿐인 의자에 앉았다. 나는 욕실에서 그럭저럭 깨끗한 유리잔을 하나 들고 와서는 거기에 위스키를 가득 부었다. 불빛 아래에서 보니 그의 의상이 복도의 희미한 빛에서보다 훨씬 더 초라해 보였다. 여러 군데에 담뱃재가 묻어 있었고 넥타이에는 매일 먹는 음식물 자국이 남아 있었다.

— 라 졸라의 경관 사무실에서 일합니다. 그가 웃옷 호주머니에서 담배를 꺼내면서 말했다.

나는 아무 말도 하지 않았다. 색소폰이 송아지의 첫 울음과 유사한 소리를 냈다. 샘이 나에게 득의의 눈길을 보냈고 녀석은 들고 있던 편지를 내려놓았다.

— 당신 편집니다만…….

나는 기다렸다. 나는 그를 더 편하게 해줄 어떠한 이유도 없었다.

— 당신 부모가…… 시신을 확인하러 가야 할 거요…….

그는 잔을 다 비우고 자기 자신의 환영에 쫓기기라도 하는 듯이 밖으로 슬그머니 빠져나갔다.

2

내가 라 졸라의 시청 앞에 나의 낡은 포드 자동차를 주차시켰을 때는 두 시가 거의 다 되었다. 하늘에 구름이 잔뜩 끼어 있었고 가끔 지나가는 행인들의 실루엣 위로 비와 한기의 돌풍이 몰아쳤다. 집에서 꼼짝하지 않고 책을 읽고 재즈 멜로디를 흥얼거리며 포도주를 마시기 좋은 날씨였다. 당신에게 아직 눈길을 주지 않은 아가씨를 꿈꿀 날씨였다. 그럴 나이가 아직 멀었는데도 자신이 고아라는 느낌에 젖어들 그런 날씨였다.

경관 사무실의 입구를 지키는 아가씨는 나를 한껏 거들떠보지도 않았다. 그녀는 자신의 엉덩이를 어떤 성체聖體로, 자신의 직무를 마지노선으로 착각하는 유형의 가짜 금발이었다. 나는 열까지 세었다. 이로써 충분히 예의를 갖추었다고 생각했다.

— 내 소환장을 가짜 속눈썹 아래 내밀었는데도 영 반응이 없다니, 완전히 엿장수 맘대로군. 통과야 아니야? 아니면 힘으로 밀고 들어갈 거야.

그녀는 나를 마치 방금 오물통에서 나온 놈이기라도 한 듯이 쳐다보았다. 그러나 결국 손톱으로 인터폰의 단추를 무지막지하게 후벼팠다.

— 들어가도 좋아요, 멍청이 양반.

그녀가 나를 쳐다보지도 않고 말했다.

경관은 뚱뚱하고 상냥한 녀석이었다. 불꺼진 여송연을 빨면서 유리잔에 담긴 비스무트를 연필로 젓고 있었다. 셔츠가 터질 듯이 팽팽한 배로 보아 그는 틀림없이 자기도 모르게 뚱뚱해졌을 것이다.

— 필립 말로 씨?

그가 자리에서 일어나지 않고 말했다.

— 애도의 말씀을 드립니다. 당신 부모는 우리 구역에서 많은 사랑을 받았었지요…….

— 알고 있습니다.

나는 그의 통통한 손을 꽉 쥐면서 그의 말을 끊었다.

— 죽은 자는 언제나 대단한 법이죠.

그가 나를 쳐다보았다. 왜 갑자기 엉덩이를 걷어차였는지 이해하지 못하는 얌전한 개 같았다.

— 미안합니다.

내가 말했다.

— 마음이 괴로워서 말이 고약하게 나온 것 같습니다.

한동안 아무런 말도 오가지 않았다. 그가 책상 서랍에서 버본 위스키 한 병과 잔 두 개를 꺼내는 동안, 나는 담배에 불을 붙였다. 바깥의 세찬 바람에 창문이 흔들렸다.

— 어제 일어난 일이오…… 바로 집 앞에서…… 당신을 찾 아내는 데 시간이 좀 걸렸소. 이웃 여자가 우리에게 당신의 캘리 포니아 주소를 알려줬다오…….

그가 고통스럽게 찡그린 얼굴로 버번 위스키 잔을 비웠 다. 그리고는 다시 비스무트를 젓기 시작했다.

— 이 더러운 것 때문에 내 위장이 죽어나요.

그가 말을 이었다.

— 그만 끊어야 할 텐데, 이것 없이 어떻게 살 수 있을

지…… 방법이 안 보이니…….

아버지도 도중에 멈출 수 없었다. 이로 인해 아버지가 죽으리라고 나는 늘 생각했다.

— 트럭 운전수는요?

— 아직 아무런 진전이 없소. 보안관이 즉시 도로 순찰대를 출동시켰으나 녀석은 아마 지금쯤 티주아나에 있을 거요.

— 티주아나에는 왜?

내가 말했다.

— 엉터리 운전사 아니오? 엉터리 운전사는 누구나 사고 후에 멕시코로 도주하지 않습니다만…….

— 난 전혀 모르는 사실이군요.

그가 갑자기 두 손을 두 마리 토실토실한 새처럼 흔들면서 말했다.

— 나머지 사항들에 관해서는 보안관에게 알아보시오.

그가 숨을 몰아쉬면서 일어났다.

— 잔을 비우시오. 시신을 확인하러 가야 하니까요.

3

— 당신은 젊소, 잊어버리시오…….

시체공시장의 늙은 직원은 신자인 듯했다. 그가 두 서랍을 영원 쪽으로 밀어서 닫기 전에 내 어머니의 손상되지 않은 얼굴을 천으로 덮었다. 내 아버지의 두개골은 자동차 앞유리창에 부딪혔다. 그래서 나는 아버지 시신을 싸고 있는 잿빛 천을 오른 팔의 문신까지 내리고서야 아버지임을 알아볼 수 있었다. 정말 아버지였다. 정말 내 부모였다. 이제는 나에게 미소짓지 못하는 창백한 입술에도 불구하고 내 어머니였으며, 퍼즐이 되어 버린 얼굴에 감겨 있는 붕대에도 불구하고 내 아버지였다. 그토록 엄격하고 그토록 부드러워서 어떤 것도 상처를 낼 수 없으리라고 생각했는데, 이렇게 되었다니 기가 막혔다.

나는 내 눈물을 기대했다. 그러나 한 방울도 흐르지 않았다.

밖으로 나왔다. 바람이 잔잔해졌다. 바닷가까지 걸었다. 해쓱한 겨울 태양이 구름 사이로 보였다. 그러나 햇살이 약해서 잿빛 바닷물까지는 이르지 못했다. 나는 어느 술집으로 들어갔다. 손님이 한 사람도 없었다. 여종업원과 함께 술을 마시기 시작했다. 그녀는 너무 우울해 보였다. 그래서 나는 그녀를 즐겁게 해주어야겠다는 생각이 들었다.

보안관이 들어왔을 때 나는 해부 실험실의 해골을 핀으로 고정시켜 수위 부인의 침대에 눕히는 방법에 관해 그녀에게 이야기하는 중이었다. 나는 보안관이 등받이 없는 의자에 앉는 것을 쳐다보고는 이야기를 계속했다.

— 그 여자는 메이 웨스트Mae West도 낯을 붉힐 바람둥이라는 명성을 달고 다녔지. 대학 내에서 바지를 입고 있는 모든 이에게 정말 뜻밖의 행운이었어…….

그러나 여종업원은 더 이상 웃지 않았다.

— 법 때문에 불편해, '하니'?

내가 보안관의 얼굴을 빤히 쳐다보면서 말했다.

— 이 빌어먹을 카운티에서 약간 외설스러운 이야기 때문에 체포된 사람이 있다고 하지는 않겠지…….

— 그런 사람은 없네.

그가 말했다.

— 다만 공공 장소에서의 음주와 품위에 관한 거시기가 있지만, 자네에게는 아직 적용하지 않아도 되겠어.

— 멋지군요! 보안관 양반, 이리 오세오. 내 이야기의 끝은 들을 만합니다…… 이 아가씨가 거의 처음만큼 우울해하잖소.

— 나는 대학생에 관한 이야기를 좋아하지 않네.

그가 공손하게 미소지으면서 말했다.

— 대학생도 좋아하지 않아. 대학생들이란 자기 세계 이외에는 모두 똥으로 보고 우쭐대지. 게다가 간접적인 피해도 당하지 않고서 난관을 벗어날 수 있다고 생각하니까 말이야.

그는 나만큼 키가 컸고 나만큼이나 건장했다. 그러나 그의 냉혹한 회색 눈빛은 나와 전혀 달랐다. 제복에 잡힌 주름과 미소지을 때의 입가 주름이 면도날처럼 날카로웠다.

— 보안관, 이것이 경찰관에 대한 나의 견해요.

나는 내 목소리의 떨림을 감추기 위해 천천히 말했다.

그의 입가에서 짧은 웃음이 스쳐갔다. 우두머리 사냥개의

낑낑거리는 소리 같았다.

— 알고 있네. 그것은 또한 모리스 벤자민과 플로렌스 다트 말로의 견해이기도 하지…… 그들이 죽은 날 그들의 외아들이 술집 아가씨와 노닥거리고 있으리라고는 예상하지 못했네. 그만 마시고 술값을 치르게…… 난 밖에서 기다리겠네.

내가 그에게 달려들 생각을 할 겨를도 없이 그는 발길을 돌려버렸다.

— 보안관이 말한 대로 하는 것이 좋겠어요, 대학생 나리.

아가씨가 지친 몸짓으로 말했다.

— 술값은 걱정하지 마세요. 안 마신 걸로 하죠 뭐. 잠깐이나마 웃을 수 있게 해줘서 고마워요…….

내가 그의 자동차에 올라타자마자 그는 나를 흘끗 쳐다보았다. 바람과 비가 다시 도시의 거리를 청소하기 시작했다. 나머지 세상 사람들이 돌풍 속에서 머리에 두건을 쓰고 우리를 거만하게 무시하는 동안 나는 앞을 바라보기만 했다.

4

우리가 사무실로 들어갔을 때, 수수깡처럼 마른 조수가 아주 새로운, 언더우드라는 여자의 사건에 관한 보고서를 타이핑하고 있었다. 한 손가락만으로 타자 작업을 하고 있었으며 둔한 움직임으로 문자판을 누르기 전에 글자마다 철자를 확인하는 듯했다.

— 자네가 순찰할 시간이야, 슬림.

보안관이 그를 쳐다보지 않고 말했다.

조수는 무언가를 말하려고 입을 열었으나 생각을 바꾼 듯 곧장 입을 다물었다. 그가 몸을 펴고 일어났다. 야윈 허리에 홀스터를 찼다. 원추형 머리에 모자를 눌러쓰고는 되돌아보지 않고 나갔다.

— 당신은 토론으로 시간을 낭비하지 않는 스타일인 듯하군요.

내가 책상 맞은편에 놓여 있는 엉성한 의자에 앉으면서 말했다.

— 나는 자네가 시체공시장을 찾아간 후부터 곧장 자네를 기다리고 있었네, 말로. 경관이 자네에게 말하지 않았나?

나는 대답하지 않고 어깨를 들썩였다. 만일 이 녀석이 난폭하게 굴려고 한다면, 다른 상대를 찾아야 할 판이었다. 나는 주위를 둘러보면서 담배에 불을 붙였다. 방이 어두운 편이었다. 가늘고 긴 녹 자국이 벽면의 위쪽에서 오래된 피의 분출처럼 흘러내렸다. 내 정면의 벽면에는 수염을 텁수룩하게 기른 어떤 인물 사진이 업무상의 공문들과 수배 전단들 사이에 핀으로 고정되어 있었다. 더할 수 없이 흉악한 표정이었다. 그래서 그의 체포에 수천 달러의 현상금이 걸릴 만하게 보였다. 사무실의 안쪽에서, 늘어선 감방들의 쇠창살 뒤에서 어떤 술꾼의 코 고는 소리가 간헐적으로 들려왔다. 사무실 끝에, 노랗고 검은 표지판이 놓여 있었다. 그곳이 톰 모건 보안관의 소굴이었다.

— 자네의 아버지가 자네에게 과격파처럼 굴라고 가르쳤나, 말로?

모건이 희미하게 미소지으며 말했다.

— 아버지는 나에게 모든 것을 가르쳤소, 모건 보안관.

내가 자리에서 일어나면서 말했다.

— 다른 질문이 있다면 빨리 물어보시오. 미안하지만 난 시간이 별로 많지 않소.

— 방금 티주아나 경찰로부터 전화를 받았네. 트럭이 발견되었다네. 근교에 버려져 있었다고 하네. 사고 트럭일 거야…… 도료 흔적이 자네 아버지의 포드 자동차 색깔과 일치한다니 틀림없겠지.

나는 다시 앉았다. 모건의 희미한 미소가 늘 마음에 드는 것은 아니었다. 그러나 지금은 참아야 한다고 혼자 생각했다.

— 운전수는요?

내가 물었다.

— 아무도 보지 못했어. 그러나 트럭에 관해 조사가 이루어졌네. '사고' 전날 밤 로스앤젤레스의 어떤 창고에서 도난당한 차량이라고 하더군.

그가 '사고'라는 말을 더듬거렸다. 자신은 아무 허풍도 곧이곧대로 믿을 사람이 아니라는 것을 이해시키려는 듯했다.

나는 무언가 할 말을 찾았다. 그러나 아무 말도 떠오르지 않았다. 밖에는 돌풍이 심했다. 현관문이 심하게 삐걱거렸다. 나는 냉동 서랍의 시신을 다시 보았다. 그리고는 어떤 미친 놈이 이 두 분에게 원한을 품을 수 있었을까 하고 자문했다.

— 두 분에게 원한을 가진 사람이라도?

— 아니오…… 어떻든 없다고 생각합니다…….

— 사실상 자네는 아무것도 아는 것이 없군.

그가 굳은 미소를 띠면서 말했다.

— 자네의 마지막 방문이 언제였던가? 날짜만이라도 기억할 수 있으면 좋겠는데…….

나는 어렴풋이 그를 들이받을 생각을 했다. 나는 대학의 미식 축구부에서 '쿼터백'을 맡고 있었으며 운동장에서나 다른 곳에서 난폭하게 구는 놈들이 있으면 대부분 혼내줄 수 있다고 내심 자부하고 있었다. 그러나 이번에는 움직이지 않았다.

— 내 보안관 배지와 홀스터를 떼어놓을까, 말로?

그가 냉소를 흘렸다.

— 자, 어서, 이 친구야…… 자네를 한 대 갈길 기회를 나에게 줘. 자네 아버지도 찬성할 거야. 분명해.

그가 책상 뒤에서 웅크렸다. 그리고는 턱을 악물고 반쯤 미소를 흘렸다. 마치 돌진하기 직전의 맹견 같아 보였다.

— 좋습니다.

내가 억지 웃음을 지으며 말했다.

— 5개월쯤 전에 내 부모님을 만나러 갔습니다. 좋은 아들의 처신은 아닙니다만…….

아니 뭐라고? 나는 거의 반년 동안이나 아무런 소식 없이 노인네들을 내버려두었다. 그리고 지금 그분들이 나 없이 돌아가신 마당에, 나는 아직도 마지막 만난 날짜를 기억하려고 애쓰고 있었다. 정말 오랜만에 울고 싶었다. 눈물을 흘리며 토하고 싶었다.

— 아니 뭐라고?

— 제가 좀 그런 놈입니다, 모건.

내가 항복의 표시로 두 손을 들면서 말했다.

— 호되게 대가를 치르고 있는 셈이죠.

그가 나를 한동안 쳐다보고 나서 긴장을 풀기 시작했다. 나는 속으로 완전히 패배한 삶의 올가미에서 멀리 벗어나지 못했다고 생각했다.

— 이봐, 자네가 정말 잘못되기를 바라네. 누구라도 평생 동안 머저리일 수는 없는 법인데 말일세.

그가 책상 서랍에서 술 한 병과 잔 두 개를 꺼냈다. 나는 기침하지 않으려고 애쓰면서 잔을 단숨에 비웠다. 브랜디가 실내 배경과 이곳의 거주자만큼 떫었다.

— 문샤인이라네.

그가 한 쪽 눈을 찡긋하면서 말했다.

— 언덕위의 위스키…… 완전히 불법이지. 그러나 이 망

할 놈의 법은 항상 변한다네.

우리는 천천히 두 번째 잔을 홀짝홀짝 마셨다. 내가 그에게 담배를 권했다. 푸른 연기가 공중으로 이리저리 피어올랐다.

— 자네 아버지는 가끔씩 한 잔 마시러 이곳에 들르곤 했지.

그가 꿈꾸는 듯한 어조로 말했다.

— 자네 어머니는 남편의 술 버릇 때문에 힘든 삶을 사셨어. 그녀는 자기 남편이 더러운 술 때문에 제 명대로 못 살 거라고 말하곤 했다는…… 마치 죽을 나이가 있기라도 한 듯이 말이야…….

어머니는 아버지보다 오래 살까 봐 두려워했다. 어머니는 어떠한 환상도 없었다. 그렇지만 너무 오랫동안 홀로 지내지 않으려고 아버지의 죽음을 늦추려 애썼다.

— 자네 어머니는 결국 성공한 듯싶네.

— 맞습니다.

내가 말했다.

— 그것을 한 가지 위로로 생각할 수 있겠네요.

나는 또 한 잔을 비웠다. 내 입술까지 올라온 질문을 감히 입 밖으로 내뱉기 전에 내 속을 알코올로 불타게 할 셈이었다.

— 뭘 근거로 당신은 내 부모의 죽음이 사고가 아니었다고 생각합니까?

그가 담배 연기를 크게 세 번 내뿜었다. 그리고는 재떨이로 쓰고 있는 사발에 담배를 비벼껐다. 그가 연기를 다시 뱉었다. 한참 힘을 쓰고 있는 기관차 같았다.

　— 난 전쟁중에 자네 아버지와 함께 프랑스에서 근무했네. 아마 다른 누구보다도 자네 아버지와 더 가까웠을 걸세. 하지만 끝까지 함께 갈 정도로 가깝지는 않았을 거야.

　— 무엇의 끝까지요?

　— 나도 몰라. 어쩌면 그가 간직한 속내 이야기의 끝일지도 모르지…… 최근에 그가 무서워 했다고나 할까. 그렇지만 그는 대단한 것이라고 해서 두려워할 인간이 아니었어. 아무도 그에게 슈퍼 볼 결승전의 결과를 알려줄 수 없다고 하니까, 비 오듯 쏟아지는 포탄 사이로 포복한 적도 있었지. 자네 아버지보다 더 강인한 사람을 찾기는 어려워. 하지만 난 자네에게 하찮은 것만 알려주는 셈이네.

　나는 그렇지 않다는 기색을 드러냈다. 모리스 벤자민 말로는 아버지는 확실히 내가 만난 사람들 중에서 가장 완고한 타입이었다. 아들로서 나는 완고하지 않은 아버지를 더 좋아했을 것이다. 그러나 아무도 나에게 의견을 구하지 않았다. 내가 청소년기를 책에 파묻혀 보낸 것은 아버지가 경영자의 잔소리와 알코올로 격해진 상태로 작업장에서 돌아왔을 때 아버지의 발길에 나뒹굴지 않기 위해서였다. 내 아버지는 그런 사람이었다.

　— 무언가 분명한 것이 생각납니까?

　내가 물었다.

— 어떤 위험이? 어떤 위협이?

그가 담배에 불을 붙이면서 고개를 저어 부인했다. 억센 밀짚 같은 머리털에 담배 연기가 감돌았다. 이럴 때 그는 시나이 산 위에서 격노하는 모세 같았다.

— 실제로 사태는 그런 것보다 더 심각했어. 어떤 위험이나 위협은 단순히 그를 약간 더 짜증나게 했을 것이네. 자넨 아버지가 무언가를 두려워했다고 말하지 않았나.

그는 우리의 술잔을 채우면서 나에게 몹시 기분 나쁜 눈길을 던졌다.

— 내가 자네한테서 듣고 싶은 말은 바로 그거야. 그가 나에게 털어놓지 못한 것을 아들에게는 털어놓을 수 있었을 테니까.

— 취조를 할 생각입니까?

그가 눈살을 찌푸리면서 나를 쳐다보았다. 아마 상한 음식에 던지는 그런 종류의 시선이었을 것이다.

— 무슨 취조?

그가 코를 훌쩍였다.

— 나는 아무도 목격하지 못한 운전수를 누군가가 알아보기를 앉아서 기다릴 작정이네. 그리고 자네 아버지 사건을 '교통사고'로 분류할 생각이네. 자네는 국가 경찰이 플루크빌 보안관의 어렴풋한 느낌에 따라 살인 사건으로 수사하라고 명할 거라고 생각하는가?

— 그렇지 않을 것입니다.

내가 어깨를 들썩이면서 말했다.

나는 술잔을 비우고 너무 늦기 전에 여기에서 빠져나가는 일 이외에 내가 할 수 있는 일을 생각해내지 못했다. 내가 그럴 기미를 내비쳤으나 모건은 나에게 볼일이 아직 끝나지 않은 모양이었다.

— 조금만 더 내 말을 들어보게.

그가 말했다.

— 나는 경찰일 뿐이네. 그저 평범한 경찰. 정직성을 찾아보기 힘든 세계에서 누구나 기대할 수 있는 만큼 정직한 경찰이네. 그래서 내가 자네에게 나를 만나러 오라고 요청했어. 경찰관이란 무엇인지를 자네가 이해하도록 말일세……

나는 아무 말도 하지 않았다. 그가 콧구멍으로 담배 연기를 내뿜었다. 나는 그가 계속 말하기를 기다렸다.

— 나는 경찰관으로서 법이 승리하기를 정말 바라네. 나는 법에 저촉되는 일을 할 수 없어. 이해하겠나, 대학생 양반? 법을 어기면서 법을 지키게 할 수는 없지. 악당들의 온상이 되는 것은 부패한 경찰관이 아니고 사법의 복잡한 톱니바퀴 장치에 얽매인 정직한 경찰관이라네…….

그가 담배 꽁초를 재떨이에 비벼껐다. 그리고는 책상을 가로질러 내 쪽으로 몸을 구부렸다.

— 자네가 나를 이해했기를 바라네, 말로. 더 이상 자네에

게 할말이 없어.

　나는 자리에서 일어났다. 방이 약간 흔들렸다. 그러나 바람을 거슬러 걸어갈 수 없을 만큼 취하지는 않았다.

　— 이해했다고 생각합니다.

　내가 말했다.

　— 나를 위해 독주를 조금 남겨놓으세요, 보안관. 꼭 이 동네를 다시 지나가게 될 겁니다.

　— 그야 자네 마음이지. 나는 언제나 여기 있네. 그리고 늘 전등불을 켜놓고 있지.

5

　내 부모의 집은 라 졸라의 반*주거 구역인 오크 놀의 드레스덴 애비뉴에 있었다. '반'이라는 말은 아마 그곳의 거주자들이 겉으로 보기보다 반쯤만 부유하다는 것, 달리 말하자면 도시 북쪽의 노동자 구역과 오션 드라이브의 식민지 시대 대저택 사이, 이를테면 악몽과 꿈 사이의 중간에 위치하는 무언가를 가리키기 위해 붙여졌을 것이다. 우울한 사실은 인력이 여전히 편향적으로 작용한다는 것, 그리고 다시 구덩이로 전락하는 사람들이 구름 속으로 기어오르는 이들보다 훨씬 더 많다는 것이다. 나의 아버지는 목소리와 허리를 버려가며 철도 선로에서 일한 덕분으로 이 허술한 중심 구역에서 가족을 부양할 수 있었다. 그리고 아도브 벽돌로 튼튼하게 지어진 2층짜리 건물로서 지붕에 구운 기와를 얹은 집은 그의 신분에 어울리지 않게 고급스러웠다. 창문이 로코코 양식의 모조 아라베스크 무늬로 장식되어 있었고 정원에는 화단과 작은 숲이 조성되어 있었으며 정성스럽게 깎아놓은 부드러운 녹색 잔디밭이 도로까지 펼쳐져 있었다. 그래서 누구라도 이 집을 보았다면 아메리칸 드림의 찬란한 빛을 향해 가는 중인 한 쌍의 젊은 부부가 살고 있으리라고 생각했을 것이다. 그러나 사실 이 집의 부부는 그렇게 젊지 않았다. 그들에게 아직도 올라갈 기회가 있다고 해도, 그들은 더 이상 어느 곳에도 이르지 못할 것이다.

응접실에서는 아직도 내 어머니의 향기와 은연한 담배 냄새가 풍겼다. 노란 장미 꽃다발이 멕시코산 꽃병에서 완전히 시들어 있었다. 이 꽃병은 어머니가 후아레스 여행에서 가져온 것이었다. 하얀 깔개 위로 떨어진 꽃잎만이 무질서의 표시였다. 어머니는 이 응접실을 자신의 부드럽고 깨끗하며 가차없이 엄격한 모습대로 정돈했었다.

나는 아버지의 술 은닉 장소 몇 군데를 조사했다. 그리고는 거의 마시지 않은 라이 위스키 한 병을 찾아내 술잔을 들고 아버지의 안락의자에 앉았다. 예전에는 결코 이렇게 앉아본 적이 없었다. 시체공시장에서 잿빛 수의에 싸인 아버지의 손상되고 차디찬 시신에 대한 기억보다는 오히려 아버지의 가구를 점령함으로써 나의 마지막 금지가 깨졌다.

내가 다시 깨어났을 때, 술병은 비어 있었고 나에게는 눈물이 남아 있지 않았다. 전화벨이 울렸고 누군가가 현관문을 가볍게 두드렸다. 나는 수화기를 들었다. 약간 딱딱한 목소리가 들려왔다. 기다리라고 말하고는 문을 열러 갔다. 장미색 실내복을 걸치고 머리에 파란 컬 클립을 쓴 늙은 부인이 문지방에 서 있었다. 수줍어하는 미소 때문에 얼굴에 주름이 잡혀 있었다. 이 할머니의 품 안에 흰색과 적갈색이 섞인 새끼 고양이 한 마리가 안겨 있었다.

— 정말 미안합니다.

그녀는 현관문이 열린 틈으로 안쪽을 힐끔 쳐다보면서 말했다. 고양이가 지독하게 울었다. 그래서 나는 내가 너의 심사를 뒤틀리게 한 게 틀림없구나 하고 중얼거렸다.

새끼 고양이가 노파의 품에서 뛰어내려 부엌 쪽으로 달아나고는 거기에서 다시 울기 시작했다.

— 배가 고플 거예요.

노파가 말했다.

— 저 놈을 불러들이려고 나왔다가 대문 앞에서 당신 자동차를 봤어요.

그녀는 나를 발 끝부터 머리까지 재빠르게 살펴보고는 덧붙여 말했다.

— 당신 어머니의 고양이에요, 알아요?

나는 몰랐었다. 그렇지만 노파를 들어오게 했다. 딱딱한 목소리의 주인공은 전화를 끊지 않고 줄곧 기다리고 있었다. 그 목소리가 나에게 알려준 것은 경관이 매장 허가서에 서명했다는 사실이었다. 그리고는 장례의 세부 사항을 결정해야 하는데 내 의향이 어떠한지 물어왔다. 나는 오전 중으로 들르겠다고 약속하고는 수화기를 내려놓았다.

— 코울리지 씨였을 거예요.

늙은 부인이 단언했다.

— 그는 가족이 어쩔줄 모를 때 시신을 회수한답니다. 틀림없이 경관에게 돈을 슬그머니 쥐어줬을 거예요. 확실해요…….

고양이가 계속 울고 있는 부엌 쪽으로 그녀가 고개를 돌렸다.

— 레이가 실성失聲하기 전에 당신이 레이를 돌봐줘야 할 거예요.

— 레이요?

— 고양이 이름이죠. 당신 어머니가 성 레이먼드 축일에 저 고양이를 구했지요. 대문으로 가보세요. 우유 배달인이 지나가는 소리를 들었어요.

내가 우유를 가지고 돌아왔을 때, 그녀는 벌써 꽃을 던져버렸고 꽃잎을 쓸어모아 놓았으며 꽃병을 씻는 중이었다.

— 당신 어머니는 집 안이 어질러져 있는 것을 좋아하지 않았어요.

그녀가 변명의 미소를 지으면서 말했다. 그리고는 계속

주절거렸다.

　— 어질러져 있으면 곧장 더러워지고……. 더러움은 그야
말로 빈곤의 유일한 징후이죠. 도착하자마자 정돈했어야 했는데
그만…….

　— 하지만 당신은 무엇보다 당신 아버지의 습관에 경의를
표하고 싶었겠지요.

　그녀는 술병, 술잔, 가득 찬 재떨이에 비난의 눈길을 던지
면서 내 말을 잘랐다.

　그녀가 레이의 우유를 접시에 따르는 동안 나는 내 음산
한 밤샘의 흔적을 치웠다. 그녀는 집 안에서 아주 편안하게 움직
였다. 그래서 나는 그녀에게 내 아버지가 술을 숨겼을 만한 다른
장소를 찾아낼 수 있도록 도와달라고 요청할 뻔했다.

　— 커피를 끓여줄게요.

　그녀가 짓궂은 미소를 지으며 말했다.

　— 내 남편은 내 커피가 잭 다니엘스의 커피만큼 진하다
고 늘 말하곤 했죠.

　그녀가 부엌에서 왔다 갔다 하는 사이에, 레이가 내 무릎
위로 와서 몸을 웅크렸다. 어둠이 내리면서 바람이 잔잔해졌다.
미풍에 정원의 화단이 살랑살랑 흔들릴 뿐이었다. 나는 늙은 부
인이 실내에서 왔다 갔다 하는 소리에 귀를 기울였다. 그녀는 분
명히 이 집의 내부를 나보다 더 잘 알고 있었다. 내가 대학에 입
학했을 때, 부모님은 이 집으로 이사했다. 나는 아주 가끔씩만 이

곳에 들렀기 때문에 내가 이 집에 대해 알고 있는 것이라고는 아버지의 술 보관 장소 몇 군데뿐이었다. 내 부모의 삶에 드리워진 위협에 관해서는 전혀 눈치를 채지 못했다. 고양이에 대해서도 이 늙은 부인에 대해서도 전혀 알지 못했다.

— 내 이름은 텔마 파거예요.

그녀가 응접실 탁자에 쟁반을 놓으면서 말했다.

— 당신의 양친을 매우 좋아했지요. 그리고……

그녀는 말을 중단하고 찻잔에 커피를 따라 나에게 건넸다. 그녀의 손이 살짝 떨렸다.

— 이제 나는 정말로 혼자로군요.

그녀가 처량한 미소를 슬며시 지어보이면서 덧붙였다.

— 오래 살았기 때문에 치러야 하는 대가라고 생각해요. 자식 없이 오래 살았지요…….

나는 담배에 불을 붙였다. 그리고 소리나지 않게 커피를 마셨다. 텔마는 말하고 싶어 하는 것이 분명했다. 나는 아침 햇살에 정원이 깨어나는 것을 바라보면서 가만히 기다렸다.

— 알다시피 그 일은 대문 바로 앞에서 일어났어요. 나는 부엌에 있었는데, 그때 소리를…… 끔찍한 소리를 들었어요. 세상의 종말이 오나 했지요. 내가 알고 있는 것을 보안관에게 이미 다 말했어요. 그래도 혹시라도 당신이 알고 싶은 것이 있으면 물어봐요.

— 트럭을 보았습니까?

내가 물었다.

— 뒷부분만 보았어요. 틀림없이 서둘러 도주하는 중이었을 거예요. 그러나 전에 본 적이 있는 트럭이었어요. 어느 때부턴가 거기에 있었지요. 무언가를 기다리고 있는 듯했어요.

— 운전수를 볼 수 있었겠군요?

— 아니에요. 그는 신문으로 얼굴을 가리고 있었죠. 당신 부모를 기다리고 있었던 게 분명해요. 나에게 경험이 있었다면…… 한모금 마셔도 괜찮겠죠?

나는 마시지 않았으면 좋겠다는 내색을 했다. 그러나 그녀는 벌써 실내복 호주머니에서 작은 은색 술병을 꺼낸 상태였다. 그녀가 마개를 열자 진의 들척지근한 냄새가 갑자기 방 안에 번졌다.

— 무엇을 원하지요?

그녀가 한모금 마시면서 말했다.

— 나에게는 노파의 심술만이 남아 있을 뿐이랍니다.

— 정말 같은 트럭이라고 확신합니까?

그녀가 나에게 날카로운 시선을 던지고는 호주머니에 작은 술병을 집어넣었다. 나는 그녀가 노파의 심술에 젖어들기 전에 이미 적지 않게 취해 있었을 것이라고 생각했다.

— 나를 술 취한 늙은이로 여기지 말아요, 젊은이. 내가 당신에게 같은 트럭이라고 말하는 것은 내가 그렇다고 확신하기 때문이에요.

— 이상하군요. 보안관은 그 점에 관해 나에게 한마디 없었거든요.

— 틀림없이 내가 그에게 말하지 않았기 때문일 거예요.

— 아, 그렇습니까.

내가 초연한 어조로 말했다.

— 그렇지만 중요한 정보입니다.

— 아주 중요한 정보죠. 내가 이 정보를 당신에게만 말하기 위해 간직한 이유가 뭐라고 생각하죠?

그녀는 햇빛에 눈살을 찌푸리면서 나를 바라보았다. 이제 해는 창문의 중간까지 떠올랐고 응접실의 왁스 칠한 가구들은 내부로부터 반짝이는 듯했다. 마치 집 전체가 요정의 죽음을 아직 모르고 있기라도 한 듯.

— 이보세요, 텔마, 나는 너무 피곤해서 수수께끼 놀이를 할 기력이 없습니다. 보안관은 사고가 아니었다고 생각한답니다만 수사에 착수할 어떤 실마리를 찾아내지 못했어요. 그는 내 아버지가 무언가를 두려워했다고 생각합니다. 그리고 당신은 트럭이 매복하고 있었다고 나에게 말합니다. 그게 뭔지 당신이 알고 있다면…….

— 벤자민은 죽음을 두려워했어요.

그녀가 느닷없이 내뱉었다.

— 그는 6개월쯤 전부터 예전의 모습이 아니었어요. 술을 점점 더 많이 마셨지요. 플로렌스는 갈수록 그의 난폭함을 참아

내기 힘들어했고요. 어느 날은 그가 아내에게 손찌검을 하려는 듯 손을 치켜올리기까지 했지요.

— 때렸습니까?

— 아니요. 하지만 때린 거나 마찬가지였죠. 그는 비록 취했어도 그녀가 그를 결코 견뎌내지 못할 거라는 걸 알고 있었어요. 그러면서도 그녀에게 너무 집착했지요.

나는 에커 파크의 작은 아파트와 어머니를 때릴 기세의 아버지가 기억났다. 얼마 전에 아버지는 아주 격심한 파업의 후유증으로 일자리를 잃었었지. 분노와 알코올로 인해 아버지의 얼굴이 방울뱀의 사리처럼 변했어. 어머니가 전호電弧처럼 가느다란 몸을 내밀면서 조용히 말했더랬지. "한 번이라도 나를 때리면, 벤, 한 번이라도 나를 때리면, 당신은 비참한 여생 내내 상처받을 거예요." 아버지는 팔을 내렸어. 그날 밤 내내 나는 부모의 신음과 침대 밑판의 삐걱거리는 소리를 듣지 않으려고 애썼지.

— 내 아버지가 죽음을 두려워했다는 걸 당신은 어떻게 알았습니까?

— 그날 플로렌스가 나에게 말해주었어요. 그녀는 울면서 내 집으로 피해왔으니까요. 그녀는 나에게 그를 용서해야 한다고, 그는 갑자기 자기 자신의 죽음에 직면했지만 흔들리지 않을 사람이라고…… 말했어요. 그리고는 더 이상 말하지 않았죠.

— 진이 좀 남았습니까?

내가 찻잔을 내밀면서 말했다.

둘 다 말없이 마셨다. 텔마는 나에게 눈길을 떼지 않았다. 마치 나로 하여금 더 멀리 나아가도록, 내 입술에 감도는 물음을 솔직하게 토로하도록 충동질하는 듯했다.

— 좋아요, 텔마.

내가 무뚝뚝한 어조로 말했다.

— 나머지 것을 말해주세요. 나에게 제일 먼저 말하기 위해 보안관에게 감추었던 것이 뭡니까?

그녀는 대답하기 전에 숨을 가다듬었다. 나는 그녀의 실내복이 아마 오래전에 이미 시선을 끌기 위해 공기가 필요하지 않았을 부위에서 부푸는 것을 보았다.

당신은 여자들에게서 무엇을 알아보나요, 젊은이? 당신이 최근에 알아냈다고 그토록 자랑스러워하는 세세한 것들 말고 당신이 여자들에 관해 진정으로 알고 있는 것을 말해봐요.

나는 아무 말도 하지 않았다. 심지어는 대답을 숙고하는 척도 하지 않았다. 이를 악물면서 내 찻잔의 바닥을 바라보기만 했다.

— 어떤 남자가 길에서 플로렌스를 기다린 것은 그게 처음이 아니었죠.

텔마가 말했다. 그녀가 "당신의 어머니"보다는 차라리 "플로렌스"라고 말한 것에 대해 나는 감사를 표하고 싶었다.

그러나 아무 말없이 나는 이어지는 이야기에 잠자코 귀를 기울였다. 나의 어머니도 여자였다. 나는 그런 것과 함께 살아야 할 판이었다. 내 어머니는 자기보다 더 나이가 많고 오래된 분노, 전쟁, 조직, 그리고 대기업들에 근무하면서 보낸 세월을 잊기 위해 술을 마시는 남편에게 버림받은 여자였다.

— 그녀는 당신의 아버지를 몹시 사랑했어요. 그래서 그보다 더 오래 살아남아야 한다는 두려움을 감내했지요. 그녀는 너무 늦기 전에 자신의 육체를 좀더 사용할 필요가 있었던 것뿐이죠.

늙은 부인이 내 팔에 손을 소심하게 올려놓으면서 덧붙였다.

— 당신은 아직 그것을 이해하지 못할지도 모르지만, 다 그런 거죠, 내가 할 수 있는 것은…….

— 당신은 트럭 운전수가 그 뭐냐 …… 중의 한 사람이었다고 생각합니까?

나는 적절한 말을 찾았으나 입 밖으로 내뱉지는 못했다.

— 나는 전혀 몰라요.

텔마가 얌전히 말했다.

— 하지만 다른 사람들에 관해서도 말하지 않고서는……먼저 당신에게 말하지 않고서는 운전수에 관해 보안관에게 말할 수 없었어요.

— 이해합니다.

내가 말했다.

그러나 이해한다는 말은 결코 진정이 아니었다. 이해하기

위해서는 나에게 상당히 오랜 시간이 필요했다. 내가 확신하는
유일한 것은 바로 이 점이었다.

6

"존 더햄, 의학 박사"라는 면허판이 보였다. 나는 초인종
을 누르고는 기다렸다. 간호사 복장의 금발 아가씨가 나와서 문
을 열어주었다. 그녀의 미소와 75미리 포탄 형태의 젖가슴이 동
일한 주물 공장에서 나온 듯했다.

— 예약하셨어요?

간호사가 내 대답에 대해 속속들이 안다는 표정으로 말했
다.

— 아닙니다.

내가 그녀의 블라우스 상단을 훔쳐보면서 말했다.

— 미안하게 생각합니다. 정말입니다.

— 오늘 이런 일이 두 번이나 있었어요.

그녀가 문을 밀면서 말했다.

— 그러니까 전화한 다음에 다시 오세요.

나는 한 발을 문 안쪽으로 집어넣고는 문짝을 밀었다. 그
녀는 힘이 센 편이었다. 그러나 나보다는 약했다. 문을 사이에 두
고 다시 그녀와 마주 서게 되었으나 내가 더 유리한 위치였다. 그
녀가 문을 밀려고 애썼지만 점점 더 나와 가까워질 뿐이었다.

— 의사에게 말해요. 필립 말로가 만나고 싶어 한다고. 아주 급하니까, 당장에요.

— 알았어요, 멍청한 양반.

그녀가 정말로 미소지으면서 말했다.

— 당신을 내쫓았더라면 더 큰 기쁨을 맛보았을 텐데 아쉽군요.

나는 영국 판화와 가죽 소파로 채워진 대기실에서 기다렸다. 가죽 가구와 영국 판화를 구입할 수 있는 사람에 관한 기사로 도배된 잡지를 뒤적거리면서 상당히 오래 기다렸다.

마침내 금발 아가씨가 돌아왔다. 그녀의 시선을 보고 나는 내가 그녀의 사람 분류법에서 크게 벗어난 인물이었다는 것을 알아차렸다.

나는 그녀를 따라 일단의 그림, 꽃무늬 원탁, 화분이 늘어서 있는 긴 복도를 지나갔다. 돈, 관록, 에테르의 냄새가 풍겼다.

더햄은 자리에 앉은 채로 나를 맞이했다. 책상, 가죽 책받침, 수정 잉크 스탠드 위로 나에게 손을 내밀었을 뿐이다.

— 앉으시오, 말로 씨. 소식은 들었습니다…… 마음이 괴롭습니다만 당신에게 어떻게 말해야 할지 모르겠군요…… 당신의 부모를 잘 알고 있었소…….

— 알고 있습니다. 특히 내 어머니를 잘 아셨겠죠.

마치 내가 그의 손을 아프게 하기라도 한 듯이 그가 손을 뺐다. 그는 50대 초반의 남자였다. 피부가 구릿빛으로 그을렸고 손톱에 매니큐어를 칠했다. 자신을 가꾸고 옷을 잘 입으며 자신에게 만족해하는 사람이었다. 내 아버지의 수더분한 모습과는 전혀 딴판이었다.

— 무슨 말인지 모르겠군요.

그가 짜증스런 미소를 지었다.

— 나도 모르겠습니다. 하지만 그건 중요한 문제가 아닙니다. 나는 내 아버지의 명예를 회복하기 위해 온 것도 아니고 당신을 협박하기 위해 온 것도 아닙니다. 나는 부모님이 사고로 죽은 것이 아니라고 생각할 몇 가지 근거가 있습니다. 그리고 당신의 도움이 필요합니다. 그뿐입니다.

— 제기랄…… 그가 머리를 두 손으로 감싸면서 말했다. 어떻게 알았소?

— 바로 드레스덴 애비뉴 쪽에 자주 주차한 금년도 스터드베이커가 당신 자동차인 걸로 알고 있습니다.

나는 텔마의 지칠 줄 모르는 호기심에 속으로 감사하면서 말했다.

— 어쨌든 부인하려고 애쓰지 않은 데에 대해 내 어머니의 이름으로 감사를 표합니다. 내가 무엇을 말하려 하는지 아시리라 믿습니다.

— 알겠소. 플로렌스가 나에게 어떤 의미였는지 당신은 모를 거요…….

그는 생각하는 눈치였다. 그에게 한 방 먹이고 싶은 충동이 불같이 일기 시작했다. 이 놈은 내 어머니보다 훨씬 더 젊은 여자들을 많이 소유하기에 충분한 돈과 체격이 있었다. 그렇지 만…….

— 당신의 속내는 당신이 간직하시오, 의사 선생. 아마 언젠가는 다시 말할 날이 있을 것이오. 오늘 내가 듣고 싶은 이야기는 그게 아니오. 나에게 이해한다고도 말하지 마시오. 난 이해하는 사람들을 용인하기 힘드니까 말이오.

— 이해…… 좋소. 무엇을 알고 싶습니까?

— 당신이 한 짓은 아니라고 짐작이 되는데…… 요컨대 내 어머니가 틀림없이 당신에게 말했을 것이오…… 자신의 삶에 대해 무슨 말을 했습니까? 무엇을 두려워했습니까?

— 아니오…… 난 모릅니다. 물론 당신 아버지의 건강은 별도로 치고 말입니다. 그러나 그게…….

그는 엄청난 운명을 표현하려는 듯이 공중으로 두 손을 들어올렸다.

— 그게 어떻다는 거요? 아버지는 국회의사당보다 더 튼튼했소…….

그는 한참 동안 아무 말 없이 나를 바라보았다. 나는 전락의 길이 나에게 아직 남아 있다고, 내가 양의 우리로 돌아가는 길은 아직 멀었다고 느꼈다.

— 당신이 마지막으로 집에 들른 것은 언제입니까, 말로씨? 다섯 달 전? 어쩌면 좀더 오래전……?

나는 아무 말도 하지 않았다. 말할 것이 전혀 없었다. 나는 벽면의 또 다른 일부가 내 머리 위로 무너지기를 기대했고 그가 말한 것은 정확히 그런 내용이었다.

— 당신 아버지는 간암이었소, 머지않아 죽을 터였고 이 사실을 당신 아버지도 알고 있었소.

나는 자리에서 일어났다. 더햄이 나에게 손을 내밀었다. 그와 악수하고는 문 쪽으로 걸어갔다.

— 마지막으로 할 말이 있소, 말로…….

내가 돌아섰다. 그는 나만큼 불행해 보였다.

— 내가 플로렌스에게 당신 아버지의 병명을 알려준 날 플로렌스와 나는 그만 만나기로 했소.

— 이해합니다.

내가 말했다.

이번에는 정말로 이해가 되었다.

7

묘지에 많은 사람이 오지는 않았다. 보안관, 경관, 의사, 텔마가 전부였다.

나는 정원의 꽃을 모두 꺾어버렸고 집을 팔려고 내놓았다.

출발하기 전에 보안관 사무실에 들렀다. 그가 문사인 술병을 꺼냈다. 둘이서 한 병을 거의 다 비우고 나서야 이번 일의 성격이 무엇인지 말했다.

　── 당신이 옳았어요. 사고가 아니었어요. 그렇다고 살인
도 아니었습니다.

　── 해결책이 별로 없어.

그가 맥빠진 어조로 말했다.

　── 맞습니다. 사실 단 하나의 해결책밖에 없죠.

그와 내가 약간 더 마시고 난 다음에 그는 작심한 듯이 말
했다.

　── 묘한 종결이로군.

그가 한숨을 지었다.

　── 사람의 속마음은 정말 모르겠어. 자넨 어떻게 알아냈
지?

나는 어깨를 들썩였다. 밖에서는 드문드문 지나가는 행인
들에게로 비바람이 다시 휘몰아치기 시작했다.

　── 어머니는…… 사고 전날 은행 구좌를 해지했어요. 현
금으로 만 달러를 찾아갔습니다. 그 돈은 그들에게도 집에도 없
었죠. 난 이 사실과 아버지의 예고된 죽음을 연결짓는 것으로 모
든 것을 정리했습니다.

　── 그녀는 언제나 자기가 하고 싶은 것을 꼭 하고야 말았
지, 그렇지 않나?

　── 늘 그랬었죠.

내가 일어나면서 말했다.

— 운전수를 잊어버릴 거라고 믿습니다.

— 벌써 잊었네.

그가 병을 치우면서 말했다.

나는 나의 낡은 포드 자동차에 올라탔다. 로스앤젤레스 쪽으로 방향을 잡았다.

Philip Marlowe

　　"행동하는 탐정의 신선하고 강력한 유형" 필립 말로를 창조해낸 레이먼드 챈들러는 추리소설을 리얼리즘 문학의 경지로 끌어올렸다는 평가를 받고 있다. 탐정소설, 추리소설, 범죄소설이라고 하면 대개 삼류로 치는 나로서는 이러한 정통 소설로의 평가가 곧이 들리지 않았다. 이러한 평가를 받으려면, 적어도 소설의 언어가 문학적 향기를 풍길 정도로 치밀해야 하고, 문체와 인물에 특유의 고결함이 있어야 한다고 생각하는데, 과연 그의 소설들이 실제로 이러한 조건을 충족시키고 있을까? 만약 그렇다면 추리소설도 문학이어야 한다고 주장한 챈들러는 추리소설의 역사에서 기념비적 작가로 추앙받기에 충분할 것이다.

　　그런데, 이번에 챈들러 소설들의 주인공 필립 말로에 관한 책을 번역하면서, 많은 사람이 챈들러를 극찬하는 데에는 그럴 만한 이유가 (적어도 인물 창조의 측면에서는) 있구나 하는 느낌이 들었다. 그만큼 필립 말로는 허구의 인물이면서도 나에게 역사상의 위인만큼이나 매력적인 모습으로 다가온 것이다. 그와의 만남은 비록 간접적이었지만 은근히 즐거운 일이었다. 내가 아는 추리소설 또는 범죄드라마의 주인공들 셜록 홈스, 괴도 루팡, 팡도

마, 형사 콜롬보 등보다 훨씬 더 심원한 인간적 향취를 풍긴다고
나 할까, 아무튼 이런 인물을 왜 진작 알지 못했을까 하는 자책감
이 들 정도였다. 조직의 지침에 따르지 않고 말썽을 피우다 쫓겨
나 사설탐정이 된 전직 수사관의 주제는 나도 여러 영화에서 접
해보았다는 기억이 나는데, 이러한 주제의 시초가 챈들러의 필립
말로였다니, 이 사실과 함께, 내가 알지 못하는 수많은 모방 현상
을 감안한다면, 필립 말로는 하나의 전형임은 물론이고 거의 신
화적 인물이 되었다고 평가할 수 있지 않을까 한다.

　　　　로스앤젤레스를 무대로 활약하는 사설탐정 필립 말로에
대한 나의 인상은 우선 그가 냉소적이고 비정하다(hard-boiled)는
것이다. 그는 적은 보수로 사건의 진실을 밝히고 의뢰인을 끝까
지 책임지는 사람이다. 빈털터리일 때에도 기껏해야 "아무튼 이
직업이 마음에 들지 않았다"고 투덜대는 것으로 그만이다. 대도
시에서 "미래의 전망 없는 무일푼의 사무라이"가 지친 몸을 이끌
고 돌아오는 누추한 집, 누구도 반겨주지 않는 신세(그는 독신자이지
만 독신주의자는 아니다), 혼자 마시는 술, 파이프 담배를 피우며 처량
한 심사에 젖어드는 모습, "늘씬한 다리가 참 고혹적이군요. 이런
다리를 감상하게 되다니 난 참 행복합니다"라든가 "맙소사, 저렇
게 예쁠 수가!"라고 여자들에게 스스럼없이 하는 말, 모든 여자
에게 매혹되고 모든 여자에게서 잠재적 정부를 상상하면서도, 매
혹당하는 것 이외에는 할 일이 없는 불쌍한 바보, 여자에 대해
"감상적인 숙맥"이나 탐미주의자일망정 호색한은 아닐 뿐더러

인간적인 구애는 외면하지 않는 필립 말로 — 그에게서 나는 금욕주의적 지식인의 모습을 보았다.

또한 부자들의 세계, 캘리포니아의 부유층에 대한 뛰어난 관찰자인 필립 말로는 부의 과시에 그다지 감격하지도 주눅이 들지도 않는다. 이러한 필립 말로로부터 누구나 자연스럽게 천사들의 도시, 타락한 세계, 즐겁지 않은 삶의 공간에서 철저히 고독한 주변인으로 편력하는 현대 미국의 돈키호테를 떠올릴 것이고, 그가 말쑥한 차림새(남성복 정장에 넥타이), 넘치는 자신감과 날카롭고 도발적인 재치, 재빠른 응답의 순발력, 뛰어난 눈썰미와 기억력, 어떤 상황 속에서도 잃지 않는 태연한 태도와 유머 감각을 지닌 현대의 기사, 고독과 지혜로운 정의감, 무사태평의 기질, 소녀의 섬세함을 내보이는 "산초 판사 없는 돈키호테"라는 데 동의하게 될 것이다. 실제로, 대도시의 밀림에서 어떤 것에도 집착하지 않는 편력기사 말로는 그저 무엇을 할 것인가를 스스로 결정하고 자신의 개인적 규칙을 스스로 지키면서, 자기 자신의 주인으로 살아갈 따름이다. 그를 괴짜 또는 고질적인 인간혐오자로 단정할 사람도 없잖아 있을 터이지만, 그가 고결함과 품위를 끝까지 잃지 않는 것도 사실이다. 언제까지나 가난하고 가련한 사설탐정으로서 남는 이 "고독한 늑대"는 그의 방에 걸려 있는 자화상의 주인공 렘브란트처럼, 결코 자기만족에 빠지지 않을 사람이다. 어떤 관점에서 보자면, 그는 가장 미국적이지 않은 미국인이다. 왜냐하면 누구나 그를 보면 미국 사회가 그다지 살아갈 만한 곳은 아니라는 암시를 받게 될 것이기 때문이다. 그래서 (필립 말로는) "가증스런 지배 질서의 세계에 분개하는 의식이다"라는 다소 과장된 듯한 평가마저도 받아들이고 싶을 정도이고, 그를 통해 "자유주의 사회의 속박"이 비춰보인다는 것도 충분히 인정할 만하다.

　　이처럼 번역 내용으로부터, 개인적으로 느낀 매력적인 면모를 중심으로 간략하게 그려본 필립 말로의 초상은 그야말로 엉성한 스케치일 뿐이다. 그래도 기회가 닿을 때마다 그의 모습을 그리다보면, 현대 도시의 편력기사 필립 말로의 온전한 형상을 얻어 자기 것으로 할 수 있으리라고 기대해본다.

2004년 11월 이규현

Philip Marlowe

소설

The Big Sleep, New York, A.A. Knopf, 1939; Le Grand Sommeil(traduction de Boris Vian), Gallimard, Série Noire, 1948.

Farewell My Lovely, New York, A.A. Knopf, 1940; Adieu ma jolie, Gallimard, Série Noire, 1948.

The High Window, New York, A.A. Knopf, 1942; La Grande Fenetre, Gallimard, Série Noire, 1949.

The Lady in the Lake, New York, A.A. Knopf, 1943; La Dame du lac(traduction de Michéle et Boris Vian), Gallimard, Série Noire, 1948.

The Little Sister, Boston, Houghton Mifflin C°, 1949; Fais pas ta rosiére, Gallimard, Série Noire, 1950.

The Long Goodbye, Boston, Houghton Mifflin C°, 1953; Sur un air de navaja, Gallimard, Série Noire, 1959.

Play Back, Boston, Houghton Mifflin C°, 1958; Charade pour écroulés, Gallimard, Série Noire, 1959.

The Poodle Spring Story, 미완성 소설, 유고 작품집Raymond Chandler Speaking, Boston, Houghton Mifflin C°, 1962에 실림.

Raymond Chandler. Lettres, Philippe Labro의 서문, Paris, Christian Bourgois, 1970.

프랑스어판 단편집

La Rousse rafle tout, La Nouvelle Édition, 1949.

Cinq de chute, Presses de la Cité, coll. "Un mystère," 1950.

La Mort à roulette, Presses de la Cité, coll. "Un mystère," 1951.

Les Pépins, c'est mes oignons, Presses-Pocket, 1968.

Comme un poisson dans l'eau, Presses-Pocket, 1970.

Fusillade, Presses-Pocket, 1970.

Raymond Chandler. Lettres, tome 1, Christian Bourgois, 1973.

Un tueur sous la pluie, Gallimard, Série Noire, 1972.

Le Jade du mandarin, Gallimard, Série Noire, 1972.

La Fille de l'air suivi de La Dame du lac, Gallimard, 1979.

Un été anglais, Presses-Pocket, 1980.

영화 작품 목록

챈들러는 1944~1951년에 할리우드에서 많은 시나리오 제작에 참여했다. 여기에서는 말로라는 인물이 등장하는 영화들만 소개한다.

The Big Sleep (Le Grand Sommeil). 윌리엄 포크너, 레이 브래켓, 쥴스 퍼스만Jules Furthman에 의해 동일한 제목의 챈들러 소설이 각색됨. 1946년 하워드 호크스에 의해 연출됨. 험프리 보가트(필립 말로), 로런 바콜Lauren Bacall(비비안), 존 러질리John Rudgely(에디 마스)가 출연함.

The Lady in the Lake (La Dame du lac). 레이먼드 챈들러의 공식적인 참여 아래 스티브 피셔가 각색하고 대사를 붙임. 1946년 로버트 몽고메리에 의해 제작됨. 로버트 몽고메리(말로), 오드리 토터Audrey Toter(아드리엔 프루제트), 로이드 놀란(드 가모트De Gamot)가 출연함.

The Brasher Doubloon. 레오나드 프라스킨스Leonard Praskins에 의한 〈하이 윈도〉의 각색. 1947년 존 브람John Brahm에 의해 제작됨. 조지 몽고메리, 낸시 길드Nancy Guild, 곤래드 자니스Conrad Janis가 출연함.

Marlowe (La Valse des truands). 스터링 실리펀트에 의한 소설 〈리틀 시스터〉의 각색. 1969년 폴 보가트에 의해 제작됨. 가너(말로), 게일 허니컷Gayle Hunnicutt(메이비스 왈드Mavis Wald), 캐롤 오코너Carroll O'Conner(보좌관 프렌치)가 출연함.

The Long Goodbye (Le Privé). 레이 브래켓의 시나리오 및 대사. 1973년 로버트 알트만에 의해 제작됨. 엘리엇 굴드(말로), 스터링 하이든(로저 웨이드), 니나 반 팔란트Nina Van Pallandt(아일린 웨이드)가 출연함.

Farewell My Lovely (Adieu, ma jolie). 데이비드 젤락 굿맨의 시나리오 및 대사. 1975년 딕 리차즈에 의해 제작됨. 로버트 미첨(말로), 샬로트 램플링(그레일Grayle 부인), 존 아일랜드(보좌관 널티Nulty)가 출연함.

The Big Sleep (Le Grand Sommeil). 1978년 마이클 위너에 의한 각색, 대사, 감독. 로버트 미첨(말로), 사라 마일스Sarah Miles(샬로트 리건-스턴우드Charlotte Regan-Sternwood, 조안 콜린스Joan Collins(아그네스 로젤Agnes Lozelle), 에드워드 폭스(조 브로디Joe Brody), 제임스 스튜워드(스턴우드 장군, 존 밀스John Mills(수사관 카슨Carson), 올리버 리드Oliver Reed(에디 마스Eddie Mars)가 출연함.

이 책의 번역자 이규현은 서울대학교에서 불어불문학을 전공하고 동대학원 불어불문학과를 졸업했다. 현재 덕성여자대학교와 서울대학교에서 강의하고 있다. 역서로 《삼총사》《꼬마 푸세의 가출》《유럽의 탄생》(공역)《광기의 역사》《앎의 의지》 등이 있다.

필립 말로

초판 1쇄 인쇄일 | 2004년 11월 12일
초판 1쇄 발행일 | 2004년 11월 22일

책임편집 | 장-베르나르 푸이
옮긴이 | 이규현
펴낸이 | 김현주
펴낸곳 | 이룸
표지 디자인 | 민진기

출판등록 | 1997년 10월 30일 제10-1502호
주소 | 121-210 서울시 마포구 서교동 395-101 우신빌딩 5층
전화 | 편집부 (02)324-2347, 영업부 (02)2648-7224
팩스 | 편집부 (02)324-2348, 영업부 (02)6737-7696
e-mail | erum9@hanmail.net

ISBN 89-5707-030-3 (04860)
　　　 89-0707-019-2 (set)

값 12,000원
잘못된 책은 교환해드립니다.